少年陰陽師

翼よいま、天《そら》へ還れ

結城光流

JN286331

14671

角川ビーンズ文庫

少年陰陽師

翼よいま、天《そら》へ還れ

彰子（あきこ）

左大臣道長の一の姫。強い霊力をもつ。わけあって、安倍家に半永久的に滞在中。

もっくん（物の怪）

昌浩の良き相棒。カワイイ顔して、口は悪いし態度もデカイ。窮地に陥ると本性を現す。

昌浩（安倍昌浩）

十四歳の半人前陰陽師。父は安倍吉昌、母は露樹。キライな言葉は「あの晴明の孫!?」。

六合（りくごう）

十二神将のひとり。寡黙な木将。

紅蓮（ぐれん）

十二神将のひとり、騰蛇。『もっくん』に変化し昌浩につく。

じい様（安倍晴明）

大陰陽師。離魂の術で二十代の姿をとることも。

登場人物紹介

朱雀(すざく)
十二神将のひとり。
天一の恋人。

天一 (てんいつ)
十二神将のひとり。
愛称は天貴。

勾陣(こうちん)
十二神将のひとり。
紅蓮につぐ通力をもつ。

太陰(たいいん)
十二神将のひとり。風将。
口も気も強い。

玄武(げんぶ)
十二神将のひとり。
一見、冷静沈着な水将。

青龍(せいりゅう)
十二神将のひとり。
昔から紅蓮を敵視している。

太裳（たいじょう）

十二神将のひとり。穏やかな口調と風貌の持ち主。

白虎（びゃっこ）

十二神将のひとり。
精悍な風将。

天后（てんこう）

十二神将のひとり。
優しく潔癖な水将。

高淤（たかお）

貴船の龍神。昌浩のことを気に入っているらしい。

安倍成親
（あべのなりちか）

昌浩の長兄。暦博士。

藤原敏次
（ふじわらのとしつぐ）

昌浩の先輩陰陽生。

イラスト／あさぎ桜

あなたが夢見て眠《ねむ》るこの夜を、永遠に護《まも》りつづけていたい
儚《はかな》き想《おも》いよ、咲《さ》いて散る花よ
何もかもが永遠ではないと、知りながら願う
罪深き、――久遠《くおん》

1

――その身と力、我が糧《かて》となるのだ…

助けて。
助けて。
怖《こわ》い。
怖い。
助けて。
兄さん、ああもうだめ。
助けて、兄さん、……、助け…て…――――

無数の影《かげ》がばさりと降り立った。

眼下に広がる皇城に、何対《つい》もの目が据《す》えられる。

『……捜《さが》せ……』

低い唸《うな》りが轟《とどろ》く。

黒影《こくえい》が一斉《いっせい》にひれ伏《ふ》した。

闇《やみ》より黒い影が蠢《うごめ》き、さざなみのように応《こた》える。

『我が主《あるじ》お任せを』

ひとの姿を取った影が、口元をかすかに歪《ゆが》ませた。無数の影の中で、その異形はひときわ激しい妖気《ようき》を放っている。

『かの御方《おんかた》を滅《ほろ》ぼした仇敵《きゅうてき》、必ずや捜し出して御覧《ごらん》に入れます』

その言葉に、主と呼ばれた恐《おそ》ろしい妖異《ようい》は、満足そうに目を細めた。

◆　◆　◆

——……え……

声がする。

——……ら……え……

知っている、恐ろしい声が。

——……応《いら》え……!

「……っ……!」

暗闇《くらやみ》の中、藤原彰子《ふじわらのあきこ》は目を覚ました。

全身が冷たい汗《あせ》で濡《ぬ》れている。

のろのろと身を起こし、不自然に駆《か》けている心臓の音を聞きながら、恐る恐る辺りの様子を窺《うかが》う。

灯《あか》りを落とした室内はまったくの闇だ。閉め切っているので月明かりも射《さ》してこない。

だが、そうやっている間に少しずつ慣れてきた目は、おぼろげに室内を見通すことができるようになった。

まだ、馴染《なじ》んでいるとは言いがたいが、だいぶ慣れてきた情景がそこにある。

「……ゆ……め……」

かすれた声で呟《つぶや》いた彰子は、自分の身体《からだ》を両腕《りょううで》で抱《だ》くようにして、胸の中がからになるまで息を吐《は》き出した。

汗ばんだ額や首にまといつく髪《かみ》を払《はら》って、何度も深呼吸をする。

「……」

だが、何度そうやっても、鼓動《こどう》は速さをゆるめない。

手足の先はびっくりするほど冷たくなっていて、心が絶え間なくざわついている。

「……そうだわ」

闇の中で瞬《まばた》きをした彰子は、そろそろと立ち上がると、肩《かた》に衣《ころも》を羽織ってそっと部屋を出た。

しんと静まり返った廊《ろう》を、足音を忍《しの》ばせながら進む。

冬も半ばで床板《ゆかいた》は冷たく、裸足《はだし》から寒さが這《は》い昇《のぼ》ってくるようだ。

目指す妻戸《つまど》が見えたときには、無意識にほっと息をついていた。

そうっと手をのばして、音を立てないように開ける。

だが、予想に反して、室内には誰もいなかった。

平安の都は、百鬼夜行《ひゃっきやぎょう》の跋扈《ばっこ》する魔窟《まくつ》だ。

昼間は人間たちが行《ゆ》き交う天下の往来も、夜にはまったく別の顔を覗《のぞ》かせる。

がらがらがら、という輪の音を響《ひび》かせながら、一輛《りょう》の牛車《ぎっしゃ》が朱雀大路《すざくおおじ》を疾走《しっそう》していた。

通常牛車は牛に引かれるものなのだが、これにはそれが見受けられない。代わりのように、青白い鬼火《おにび》が輪の周りに灯り、片輪の中には鬼の形相が浮《う》かんでいた。

五条《ごじょう》大路を過ぎたあたりで、妖《あやかし》車が停《と》まる。

一拍《いっぱく》おいて、中からふたつの影が飛び出してきた。

「よいしょっと」

「やれやれ」

轅《ながえ》の下をくぐって鬼の顔の側に出た人影《ひとかげ》は、破顔してついと手をのばす。

「ありがとう、車之輔《くるまのすけ》。おかげですごく早く帰ってこられた」

「まったくだ。お前の足だと貴船《きふね》まで往復するのに一晩じゃ絶対無理だもんなぁ」

「うん、ほんとだよ」

頷《うなず》いて、安倍昌浩《あべのまさひろ》は妖車の輪をねぎらうように撫《な》でる。牛車の妖《あやかし》車之輔は、それはそれは嬉《うれ》しそうにして、ぎしぎしと轅を揺《ゆ》らした。

車之輔は人語をしゃべれない。昌浩には妖の言葉はわからないので、必然、通訳が必要になるのだった。

「もっくん、車之輔、なんだって？」

問われたのは白い異形だ。

「お役に立てたのでしたら何よりです。必要とあらばいつでもお呼びください。いつなりとも馳《は》せ参じますとも。何しろやつがれは、ご主人の第一の式なのですから。……だとさ。なんかちょっと誇《ほこ》らしげだな、車之輔や」

ふんふんと聞いていた昌浩は、からりと笑った。

「そっかぁ。そんなふうに言ってくれるなんて嬉しいよ。妖の言葉も自在に操《あやつ》るなんて、さすがは物《もの》の怪《け》のもっくん」

「物の怪言うなっ！」

がばりと後ろ足で立ち上がり、もっくんと呼ばれた白い異形は丸い目を吊《つ》り上げる。

「何度も何度も何度も言ってきたがまた言うぞ、何度でも言うぞ言ってやるとも。俺は物の怪と違《ちが》う！　いい加減その呼び方を改めろ、晴明《せいめい》の孫！」

「孫言うな！」

がおうと吼《ほ》え、昌浩は物の怪に詰《つ》め寄った。

「こっちだって何度も何度も何度も何度も言ってるだろう！　孫言うなったら孫言うなっ！　物の怪の分際で！」

「だから俺は物の怪と違――――うっ！」

牙《きば》を剝《む》くこの異形。体軀《たいく》は大きな猫《ねこ》か小さな犬ほどの大きさで、全身を真っ白な毛並みに覆《おお》われている。長い尻尾《しっぽ》がひょんひょんと揺れて、同じく長い耳は後ろに流れる。首周りには勾《まが》玉《たま》のような赤い突起《とっき》が一巡《いちじゅん》し、額には花のような模様が鮮《あざ》やかだ。

その模様よりもさらに紅《あか》い瞳《ひとみ》は丸く、まるで夕焼けを切り取ったかのようだった。

昌浩いわく、物の怪のもっくんである。物の怪だからもっくんなのだが、その命名理由を聞いた誰もが、なんと安直な、と半分呆《あき》れたとか呆れなかったとか。

深夜の朱雀大路でぎゃおぎゃおと舌戦《ぜっせん》を繰《く》り広げている昌浩と物の怪をおろおろと見ていた車之輔は、ふと異形の気配を感じて車体の向きを変えた。

輪の中央に浮かぶ巨大《きょだい》な鬼の形相が、目をぱちくりとさせる。

それにいち早く気づいた物の怪が、はっと息を吞《の》んで全身を緊張《きんちょう》させた。

「？　もっくん？」

怪訝《けげん》そうに昌浩が呟くのと、物の怪がその場から飛び退《すさ》るのとはほぼ同時。

「え？」

瞬間《しゅんかん》。

「わ————いっ！」

無数の影《かげ》が、天からばさばさっと降ってきた。

「ふぎゃっ」

うめき声が山の下に埋《う》もれていく。ひらりと着地して振《ふ》り返った物の怪は、わらわらと蠢《うごめ》く無数の影が作った小山を見やって、そっと目許《めもと》を前足で拭《ぬぐ》った。

「うう、いつもながらなんと不憫《ふびん》な…」

そんな物の怪の悲哀《ひあい》の声を、元気いっぱいのざわめきが掻《か》き消す。

「久しぶりだなぁ」

「元気だったかー」

「あのおっかない奴《やつ》らやっつけてくれたんだよな」

「さすが、晴明の孫！」

そこだけご丁寧《ていねい》に大合唱する雑鬼《ざつき》たちである。その山が、ゆらりと動いた。

じりじりと這《は》い出そうともがく昌浩の手が、雑鬼の狭間《はざま》に覗く。

「あ、出てきた」

のん気にお座りをしている物の怪の隣《となり》に、長身の体躯《たいく》が顕現《けんげん》した。

十二神将がひとり、木将六合《もくしょうりくごう》である。夜色の霊布《れいふ》を肩に巻いた青年は、無言で歩を進めると、雑鬼の山に腕《うで》を突《つ》っ込み、じたばたともがいている昌浩の襟《えり》を摑《つか》んでずぼっと無造作に引っ張り出す。

六尺を超《こ》える六合に宙吊《ちゅうづ》りにされた昌浩は、首の後ろを摑まれた猫のように足をぶらぶらさせながら低く唸《うな》る。

「…おのれ、雑鬼ども……」

降ろしてくれた六合に半眼で礼を述べ、昌浩は雑鬼たちをぎっと睨《にら》んだ。

「毎回毎回毎回毎回ひとのことをいいように潰《つぶ》しやがって、いい加減にしろ」

腹に据《す》えかねた風情《ふぜい》の昌浩に、しかし雑鬼たちはまったく動じない。

「あ、そうそう。お前に報《しら》せがあったんだ」

「報せというか、頼《たの》みだな」

「もうほんと、お前だけが頼《たよ》りだからな」

「なんたって、晴明の孫!」

「孫言うなっ!」

怒号《どごう》する昌浩の前に、一同を代表した三匹《びき》が進み出てきた。猿鬼《えんき》、一つ鬼《ひとつき》、竜鬼《たつき》である。

猿《さる》に似た姿の猿鬼が、指を立ててちっちっと振った。

「おっと、いけねぇなぁ。そーんなことじゃあ敵に後《おく》れを取るんだぜ」

「そうそう。陰陽師《おんみょうじ》に必要なのは冷静さと的確な判断力だ」

一本角の丸い一つ鬼が、胸を張って大きく頷く。その隣で、三つ目の蜥蜴《とかげ》である竜鬼が片前足をあげた。

「何しろ、俺たちは都でも随一《ずいいち》の情報網《じょうほうもう》を持ってるからな。まぁ聞けや、孫」

「聞いて損はないぞ、孫」

「聞きたくなくても聞かせてやるからちゃんと聞いてろよ、孫」

連呼されて、昌浩はもはや怒鳴《どな》る気力もなくひたすら肩を震《ふる》わせる。

その様子を見ていた物の怪と六合は、やれやれといった風情でそっと嘆息《たんそく》した。

安倍昌浩は、安倍晴明の孫なのである。

安倍晴明というのは、当代随一と謳《うた》われる大陰陽師で、齢《よわい》八十近いというのに未《いま》だ現役《げんえき》を誇る化け物じみた老人だ。

都に棲《す》まう雑鬼たちからは「異形に片足突っ込んでいる、もはや俺らの括《くく》り」と賞賛されており、実際に狐《きつね》と人の合いの子だという噂《うわさ》もあったりなかったり。

だが、昌浩は知っている。噂は真実だ。しかし、狐ではない。あれはたぬきなのだと。

祖父はたぬきの化生《けしょう》なのだから、雑鬼と懇意《こんい》にしていたってなんら問題はない。

問題なのは、そのたぬきの血を自分が受け継《つ》いでいるということなのだった。

「い、いやだ。あんなたぬきみたいになるのは、絶対に…」

あんまり孫と繰り返されたのでつい祖父のことを思い出し、頭を抱《かか》えている昌浩の膝頭《ひざがしら》を、猿鬼がぱしぱしと叩《たた》く。

「悩《なや》みがあるなら言えよ。俺たちいつでも聞いてやるからよ」

「そうそう。なんたってあの晴明の孫だしな」

「世話になってる分、きっちり返さんと」

妙《みょう》なところで律儀《りちぎ》な雑鬼たちを半眼で見下ろして、昌浩は深々と息をついた。

面白《おもしろ》そうに眺《なが》めていた物の怪が、白い尻尾をぴしりと振る。

「で、お前らの頼みってのは、なんだ？」

「ああそうそう」

脱線《だっせん》していた雑鬼たちは、そのひとことで本題を思い出す。

三匹と、後ろのほうに固まっている一同の様子が、ほんの少しだけ硬《かた》くなった気がした。

昌浩は目をしばたたかせて雑鬼たちを眺め渡《わた》す。

「あのな。なんか、すごくおっかないのがいるんだ」

「おっかないの？」

昌浩の言葉に頷《うなず》いて、猿鬼は一つ鬼と竜鬼を見る。

「な。すごくおっかないんだよな」

「うん。いままで見たことないようなのだよ」

　竜鬼が片前足を振る。

「見たことないっていうより、よく見えないんだよ。……でも」

　ふいに言い差した竜鬼を、昌浩は怪訝そうに見下ろす。

「どうした？」

「……これは、俺が、なんとなく思っただけなんだけど…」

　しばらく言い澱《よど》んでいた竜鬼は、昌浩と物の怪に交互《こうご》に視線をやってから、仲間たちをついと顧《かえり》みた。雑鬼たちが、何やらしきりに頷いている。

「真っ黒で、よくわからなくて。でも、……前に出た、異邦《いほう》の妖異《ようい》みたいだったんだ」

　ようやくその単語を口にした竜鬼が、ほっと息をついて一つ鬼と猿鬼と身を寄せ合う。

「ほ、ほら。お前たち、よく、言葉は言霊《ことだま》だ、とか言うだろ？　あのおっかないのになんだか似てるなと思っても、やっぱりちょっと、口に出すのも怖《こわ》くてさぁ」

「あと、言葉にすると引き寄せるとかも言うからな」

「だから、できるだけ言わないようにしてたんだ」

　でも、おっかないのが頻繁《ひんぱん》に出るので、雑鬼たちは息をひそめるようにして消えるのを待っているのだということだった。

「なんとかしてくれよ」

身を翻《ひるがえ》した。

条件反射で昌浩ががなる様を物《もの》の怪《け》は面白そうに眺めていたのだが、ふいに耳をそよがせて

「だからっ、孫言うなっ！」

「なっ、晴明の孫」

「このとおり」

「頼むよ」

ほぼ同時に六合も反応する。

ふたりの動きにつられた昌浩が背後を顧みると、雑鬼たちが唐突《とうとつ》に静まり返った。

「……なんだ…？」

風が、吹《ふ》いてくる。

物の怪の夕焼けの瞳《ひとみ》が険をはらんできらめき、体勢を低くして唸る。

「昌浩、……下がれ」

物の怪と六合が、昌浩を背にしたまま一歩踏《ふ》み出した。六合の手に銀槍《ぎんそう》がひらめき、物の怪の白い体が灼熱《しゃくねつ》の闘気に包まれる。

瞬《また》きひとつで小さな異形から長身の体軀になり変わった紅蓮《ぐれん》は、夜闇《よやみ》の彼方《かなた》を凝視《ぎょうし》した。

夜半を過ぎて、半月に近い月が地表を照らしている。だが、それだけではそれほど遠くまで見通すことはさすがにできない。

神将たちの目は、夜でも昼日中と同じように見通すことができるのだ。そして昌浩も、支障のないよう己《おの》れに暗視の術をかけている。

昌浩は、紅蓮と六合の向こうをじっと見つめた。

風上だ。この風が運んでくる、これは禍々《まがまが》しい気配。

これとよく似たものを、昌浩は知っていた。

だが、ばかなと頭がそれを否定している。そんなはずはない。この恐《おそ》ろしい妖気《ようき》の主は、既《すで》に死んだはず。

じりじりと呼吸を数えている昌浩の目に、ぽつんと小さな影《かげ》が映った。

それは徐々《じょじょ》に距離《きょり》を詰《つ》めてくる。

「……雑鬼《ざっき》ども」

それまで沈黙《ちんもく》していた紅蓮が唸《うな》る。固まっていた雑鬼たちが、声もなく飛び上がった。

肩越《かたご》しに視線をくれながら、紅蓮は低く問いただす。

「お前たちが言っていたのは、あれか」

金色の瞳が影を示す。視線に射貫《いぬ》かれた雑鬼たちは、声もなくぶんぶんと首を縦に振《ふ》った。

接近してくる影をねめつけていた六合が、抑揚《よくよう》に欠ける声音《こわね》を発する。

「騰蛇《とうだ》、あれはいったい…」

一歩前に出た紅蓮が右手を掲《かか》げる。その手のひらから燃え上がる真紅《しんく》の炎蛇《えんじゃ》が躍《おど》り出た。

同時に、じりじりと距離を詰めていた黒影《こくえい》が、弾《はじ》かれたようにして突進《とっしん》してきた。

息を呑《の》む昌浩の前で、六合が槍を構えて警戒《けいかい》から戦闘《せんとう》態勢に転じる。

「そうか、お前はあれを見たことがなかったな」

瞬く間に迫《せま》ってきた黒影に向け、紅蓮は炎蛇を放った。

「見てくれだけなら異邦の妖異。とうに死んだはずのな！」

刹那《せつな》、轟《とどろ》いた咆哮《ほうこう》が紅蓮の言葉を掻《か》き消した。爆発《ばくはつ》する凄《すさ》まじい妖気が炎蛇を粉砕《ふんさい》する。

「……っ！」

耳の奥に突《つ》き刺《さ》さるその咆哮を、昌浩は知っている。

我知らず息を呑んだ。以前読んだ山海経《せんがいきょう》の一節が脳裏《のうり》によぎる。

『その状《かたち》は鼠《ねずみ》の身《からだ》に鼈《すっぽん》の首。その声は、犬のほえるよう』

あの書に記されていた描写《びょうしゃ》そのままの嗚号が、見えない刃《やいば》のように風を裂《さ》く。

「蛮蛮《ばんばん》…！」

紅蓮の言うとおり、ずっと以前に死んだはずの異邦の妖異だ。それがなぜ。

闇より重い漆黒《しっこく》の蛮蛮の眼《め》は、紅蓮と六合の後ろにいる昌浩をまっすぐに射貫いた。

『見つけた…、見つけたぞ…！』

嗤笑《ししょう》を含《ふく》んだ声音が地を這《は》うように木霊《こだま》する。まるで水を通したように、それは不自然に震《ふる》えていた。

昌浩の背を冷たいものが滑《すべ》り落ちた。

異邦の妖異、蛮蛮。あのときよりも強大な妖気を放ち、獲物《えもの》を捕《と》らえたかのような目で昌浩を凝視する。

「…っ、くそっ！」

おのれを奮い起こすように首を振り、昌浩は息を吸い込んだ。

「オン、アビラウンキャン、シャラクタン…！」

『見つけたぞ、窮奇《きゅうき》様を手にかけた方士――――！』

憎悪《ぞうお》の叫《さけ》びとともに、蛮蛮が飛びかかってくる。小さなその体から噴《ふ》きあがる妖気が土砂《どしゃ》を舞《ま》い上げ、竜巻《たつまき》となって叩きつけられた。

「うわ…っ！」

土砂で目潰《めつぶ》しをされて、昌浩は思わず腕《うで》で目許《めもと》をかばう。全身を叩《たた》く土砂の狭間《はざま》から、紅蓮の声が轟いた。

「昌浩、下がれ！」

反射的に引いた足元を、何かが深々とえぐりとる。耳の近くで哄笑《こうしょう》がした。

『ここだ。方士はここだ、我らが主の仇《かたき》…！』

「させるか！」

灼熱の闘気《とうき》が爆発する。土砂の中にひそんでいた黒影めがけて放たれた炎蛇が、大きくうねりながらのびあがった。

頰《ほお》を熱い風が叩く。だが、地獄《じごく》の業火《ごうか》が昌浩に害を及《およ》ぼすことはない。

腕の間から目を凝《こ》らしていた昌浩は、炎《ほのお》の中から躍り出た黒影が、そのまま哄笑しながら跳躍《ちょうやく》する様を見た。

「待て！」

土砂を霊布《れいふ》で払《はら》った六合が、手にした銀槍を一閃《いっせん》させる。切っ先は蛮蛮の後ろ足を叩き落としたが、致命傷《ちめいしょう》にはいたらない。

黒い蛮蛮は昌浩を振り返り、にいと嗤《わら》った。そのまま闇をまとって逃走《とうそう》していく。

「この…っ！」

ぎりりと唇《くちびる》を嚙《か》んだ紅蓮が、腹立ち任せに炎蛇を放つ。それは切断された蛮蛮の足を瞬時《しゅんじ》に燃やし尽《つ》くし、音もなく消えた。

妖気の残滓《ざんし》が風に霧《む》散《さん》する。

しばらく様子を窺《うかが》っていた紅蓮は、ちっと舌打ちをして頭《かぶり》を振った。そのまま物の怪の姿に変化《へんげ》する。

注意深く辺りを見回す六合の許《もと》に歩み寄り、物の怪は低く唸った。

「いったいどういうことだ。奴《やつ》は確かに死んだはず」

姿かたちは紛《まぎ》れもなくあの蛮蛮だ。ただ、漆黒であるという点と、放つ妖力《ようりょく》が格段に増していたことが違《ちが》う。

「俺にわかるわけがない。だが、あの妖気は異邦《いほう》の妖異《ようい》、それは間違《まちが》いない」

眉《まゆ》をひそめる六合に、苛立《いらだ》ちを含んだ夕焼けの瞳が向けられる。だが、ここで同胞《どうほう》に食ってかかることは無意味だ。そこまで冷静さを失っているわけではない。

物の怪は尻尾《しっぽ》をぴしりと振り、身を翻した。

立ちすくむ昌浩が、さめやらぬ驚愕《きょうがく》のただなかで拳《こぶし》を握《にぎ》り締《し》めている。

その足元に、恐怖《きょうふ》に怯《おび》えていた雑鬼たちが集まっていた。

「なぁ、なぁ。あのおっかないの、前に俺たちを殺そうとした奴だよなぁ」

「でも、あいつは確かやっつけたんじゃなかったのか？」

「おっかない奴は全部、お前たちがやっつけてくれたんじゃなかったのかよ」

「なんでまた、出てくるんだよぅ…」

昌浩の足にすがる雑鬼たちは、みな一様に涙声《なみだごえ》だ。

無数の雑鬼に取りすがられた昌浩は、困惑《こんわく》した様子で彼らを見下ろす。

「……俺にも、わからないんだよ…」

確かに死んだはずなのに、どうして。

「異邦の妖異たちは、俺と、紅蓮たちで、倒《たお》したんだ。——あの窮奇だって、水鏡《みずかがみ》の向こうで…」

右手のひらを見つめて昌浩は言葉を失う。

あの時、かの大妖《だいよう》の身に降魔《ごうま》の剣《つるぎ》を突き立てて、全霊《ぜんれい》を注いで貴船の祭神に助力を乞《こ》うた。

命がけで。二度と戻《もど》ることはかなわないかもしれないという覚悟《かくご》をもって臨《のぞ》んだあの夜に。

すべては、あの子を護《まも》る、そのためだけに。

そこまで考えた昌浩は、ふいに青ざめて瞠目《どうもく》した。

「あ……」

どくんと、鼓動《こどう》がはねる。

——見つけた…

蛮蛮の、嗤笑の混じった声が胸の奥に突き刺さる。

「ちょ、ちょっと、どいてくれ、早く」

群がっている雑鬼たちを蹴散《けち》らすようにして、昌浩はひどく狼狽《ろうばい》しながら踵《きびす》を返した。

「ど、どうしたんだ?」

「あれ、顔色真っ青だぞ」

「おい、大丈夫《だいじょうぶ》かよ、孫」

心配そうにしながら口々に言い募《つの》る雑鬼たちに目もくれず、昌浩は必死の体《てい》だ。

「帰らなきゃ、すぐに。もし、もし奴が…」

もし、あの蛮蛮が、以前と同じ目的を持っているなら。

「昌浩…？　……、彰子か！」

怪訝《けげん》そうにしていた物《もの》の怪《け》が、そこに思い当たってはっと瞠目する。同胞の言葉に、六合も息を呑んだ。

そのまま雑鬼たちを置き去りにして駆《か》け出した昌浩を、物の怪と六合も無言で追った。

「あ…、行っちゃったよ…」

のばした手の行く先がなくなってしまい、猿鬼は仲間たちを顧《かえり》みる。

「どうしようか…。あの怖《こわ》いの、もう出てこないかなぁ」

「うー…、こないといいけど…でもなぁ」

「さっきは逃《に》げただけだろう？　それだと、また…」

それきり声もなく途方《とほう》にくれる。

しばらくそうやって身を寄せ合っていた雑鬼たちは、恐《おそ》る恐る辺りを見回しながらどうしたものかと必死で考えた。

やがて、竜鬼があっと声を上げる。

「そうだ。いっそのこと、しばらくみんなで晴明のところにかくまってもらうってのは、どうだ？」

安倍の邸《やしき》は広いのだ。いまでこそ敷地《しきち》を取り囲むように結界が施《ほどこ》されているが、以前は自由に出入りをしていたし、晴明も式神たちもそれを咎《とが》めなかった。

悪ささえしなければ、むげに追い出すようなことはしないだろう。雑鬼たちとて、それくらいはちゃんとわきまえている。

「それに、邸に入れてもらえなくても、戻り橋の車のとこにいれば、きっと平気だよ」

一つ鬼が諸手《もろて》をあげる。

雑鬼たちは色めき立ち、わたわたと駆け出した。

2

——いた

——いた

——見つけた

——方士だ

——ならば、あの娘《むすめ》は

『連れて来い』

ざわざわと、異形の群れが波のようにひれ伏《ふ》していく。

『その方士。その娘。ここに、我が許に、連れて来い……！』

◆　◆　◆

安倍邸《てい》を囲む築地塀《ついじべい》をよじ登り、庭に飛び降りた昌浩は、まろぶように駆けて自室の簀子《すのこ》に手をついた。

沓《くつ》を脱《ぬ》ぐのももどかしそうにして、妻戸を開けて中に入りかけ、その場で足を止める。

追ってきた物の怪が、不審《ふしん》げに眉を寄せた。

「昌浩？」

隙間《すきま》から室内を覗《のぞ》いて、物の怪は得心のいった顔をした。

やれやれといった様子で息をつき、棒立ちになっている昌浩の足を蹴飛《けと》ばす。

はっと我に返った昌浩は、口をへの字に結んで、先ほどとは打って変わり音を立てないようにそろそろと妻戸を閉めた。

灯《とも》された燈台《とうだい》の炎《ほのお》が、室内をぼんやりと照らしている。

文台によりかかるようにして、彰子が目を閉じていた。その傍《かたわ》らに、ふたつの影《かげ》がひっそりと控《ひか》えていた。

十二神将天一《てんいつ》と、玄武《げんぶ》である。

彼らの近くに腰《こし》を折った昌浩は、声をひそめて尋《たず》ねる。

「……いつから、ここに…」

「私たちが気がついたのは、一刻ほど前でしょうか」

「姫《ひめ》の部屋に異常はないか天一が確認《かくにん》した際、姿が見えなくなっていたのだ。気配を追って我らがここに来たときには、こうして眠《ねむ》っていた」

「亥《い》の刻前にはお休みされていたはずだったので、お部屋にいらっしゃらないことに気づいたときはさすがに胸が冷えました」

様々なものがない交ぜになった目をして、天一が小さく苦笑《くしょう》する。それ以上のことは決して言わないだろうが、彰子の姿が見えないことに気づいたときは蒼白《そうはく》になったに違《ちが》いなかった。

右腕《みぎうで》を枕《まくら》のようにして、彰子は規則正しい寝息《ねいき》を立てている。だが、この体勢のままでいては負担がかかってしまうだろう。

早く部屋に運んでやらないと。

そう思いながらも、昌浩はしばらく彰子の寝顔《ねがお》から目を離《はな》せないでいた。

唐突《とうとつ》に思ったのだ。

こうやって、この子の穏《おだ》やかな寝顔を見るのは、初めてなのではないだろうか。

昌浩は瞬《まばた》きをした。

異邦《いほう》の大妖窮奇の姦計《かんけい》にはまり、呪詛《じゅそ》を発動させてしまったときのことが甦《よみがえ》る。

あれからまだ三月と経《た》っていない。

あまりにも色々なことがあった。おいそれとはひとに話せないような、大変なことが立てつづけにあって。

この子は、本来の星宿をはずれ、この安倍の邸で暮らすようになったのだ。

無意識のうちに両手を握《にぎ》り合わせて、肺がからになるほど息をつく。

あの蛮蛮に酷似《こくじ》した漆黒《しっこく》の蛮蛮を見て、昌浩はひどい焦燥《しょうそう》に駆られた。大妖《だいよう》窮奇の傷を癒《いや》すために、奴《やつ》らは彰子を贄《にえ》として欲していたのだ。

もし、あの蛮蛮が、安倍邸にいる彰子の存在に気づいていたら。

そう思い至った瞬間《しゅんかん》、昌浩は何も考えられなくなっていた。ただ、彼女の無事を早く確かめなければと、それだけに突《つ》き動かされてきたのだ。

安倍邸には強靭《きょうじん》な結界が張りめぐらされている。それに何より、ここには大陰陽師《だいおんみょうじ》安倍晴明と、その使役《しえき》たる十二神将たちがいる。万が一などありはしない、あってはならない。

理性の告げるその事実を、感情が蹴散らして。

己《おの》れの目で彼女の無事を確かめるまでは、生きた心地《ここち》がしなかった。

「昌浩、このままにしておいたら風邪《かぜ》を引くかもしれないぞ」

そっと声をかけてくる物の怪にかすかに頷《うなず》くが、そのまま身じろぎもしない。

ついとうつむいて、手のひらを見つめる。

心に刻んであるのは、涙《なみだ》を流している悲しそうな顔と、呪詛に苦しんでいる面差《おもざ》し。

「……もう、二度と…」

あんな顔は見たくない。

倒《たお》したはずの異邦の妖異《ようい》たちの影が、どうしてか脳裏《のうり》に浮《う》かんでは消えていく。

蛮蛮、猰㺄《ごうえつ》、鶚《がく》、鵕《しゅん》、挙父《きょほ》、そして。

胸騒《むなさわ》ぎがする。胸の奥で警鐘《けいしょう》が鳴りつづけて、気持ちが妙《みょう》に逸《はや》る。

「……絶対、護《まも》る」

手のひらをくっと握りこみ、幾度《いくど》も繰《く》り返した言葉をもう一度呟《つぶや》いて、誓約《せいやく》するように目を閉じる。

しばらくそうしていた昌浩は、息をついて顔をあげた。

「…彰子…」

そうっと彰子に手をのばしかけて、ふいに困った顔をする。

「昌浩様、どうなさいました？」

気づいた天一が首を傾《かたむ》ける。昌浩は神将たちを振《ふ》り向いた。

「起こすのは可哀想《かわいそう》だよね」

物《もの》の怪《け》は耳をそよがせた。

「まぁ、なぁ…。お前を待ってる間に眠っちまったんだろうし……」

今宵《こよい》の昌浩は、亥の刻には邸を抜《ぬ》け出していた。彰子がいつからここにいるのかはさだかではないが、待ちくたびれて眠ってしまったのなら、それなりの時間をここで過ごしたはずだ。

「でも」

ぴしりと尻尾《しっぽ》を振って、物《もの》の怪《け》がにやりと笑う。

「良かったじゃないか。彰子の部屋まで行くよりは、ここにいてくれて」

天一と玄武が瞬きをする。昌浩はうっと詰《つ》まって形容しがたい顔をした。

「安否を確かめるためとはいえ、眠っているだろう彰子の部屋に無断で入るのは、さすがにはばかられるしなぁ」

何やら妙に楽しげな物の怪を、昌浩は口をぱくぱくさせながらねめつける。図星なので、反論ができないのだ。

もし彰子が自室にいた場合。妻戸を少しだけ開けて中の様子を窺《うかが》うとか、それくらいだったらと思うのだが、思うだけで絶対に実行できないだろう自分が頭を抱《かか》えている姿が見えるようだ。その場合は、天一に頼《たの》むしかなかっただろう。きっと快く引き受けてくれるだろうから。

それに、いくら神将たちとはいえ、六合や玄武はやはり男性だから、彰子だって無断で入室されることは嫌《いや》だろうと思う。

「とにかく、部屋に運ばないと……」

腰を浮かしかけた昌浩は、はたと動きを止めた。

自分の体格と、彰子のそれと比較《ひかく》して、ぐるぐると考える。

中腰《ちゅうごし》のまま固まっている昌浩を眺《なが》めていた物の怪は、尻尾を振って首をめぐらせた。

それまで隠形《おんぎょう》していた六合が静かに顕現《けんげん》し、感情の乏《とぼ》しい黄褐色《おうかっしょく》の瞳《ひとみ》で物の怪を見下ろした。

「おい、六合よ」

物の怪は前足でついと示す。

「すまんが、彰子を運んでくれ」

「それは別に構わないが、お前でも問題はないのではないか？」

六合にしてみれば、それは至極《しごく》当然の疑問だった。

物の怪は渋面《じゅうめん》を作り、口の中で何やらもごもごとしきりに呟く。そうして、前足で頬《ほお》の辺りを誤魔化《ごまか》すように掻《か》きながらようやく告げた。

「俺は…、障《さわ》りがある。彰子は見鬼《けんき》だからな」

六合は瞬きをした。天一と玄武がはっとしたように物の怪を見つめる。

物の怪の姿だから、彼本来の神気は隠されているのだ。隠形していても、どれほど細心の注意を払《はら》っていても、本性《ほんしょう》に戻《もど》れば苛烈《かれつ》な神気は彰子の見鬼に触《ふ》れるだろう。

限られた安倍の者たち以外の人間に、本性をさらすつもりはない。様々な事情を経て安倍邸に半永久的に住むことになった彰子にも、本性で見《まみ》えることは決してない。

それは、物の怪が、紅蓮が、自身に課した取り決めなのだった。

この件は終わりだとでもいうように頭をひとつ振り、物の怪は昌浩の背を叩《たた》く。

「うえ?」

ずっとぐるぐると悩《なや》んでいた昌浩は、情けない顔で物の怪を顧《かえり》みる。あまりにもひどい顔なので、物の怪は呆《あき》れ返った。

「おいおい、なんて顔してんだ、晴明の孫よ」

「まっ……、っ」

反射的に出かかった怒号《どごう》を慌《あわ》てて引っ込め、何度か深呼吸をする昌浩に、物の怪は嘆息《たんそく》しながら言った。

「六合に頼め。早くちゃんとした寝床《ねどこ》に運んでやらないと、彰子が可哀想だろうが」

それは確かに。

思わず両手をわきわきさせながら、昌浩は六合を見上げた。

「お願い、します」

寡黙《かもく》な神将は無言で首肯《しゅこう》し、彰子をそっと抱《だ》き上げた。それはもう、無造作に。

天一と玄武も立ち上がり、昌浩に会釈《えしゃく》をすると、六合を先導するようにして部屋を出て行く。

天一に任せておけば何も問題はないだろう。

三人を見送った足で妻戸を閉めた物の怪は、口の中で言葉にならない何かを並べて険しい顔で自分の両手を睨《にら》んでいる昌浩を見やり、やれやれと肩《かた》をすくめた。

「まぁ、先は長いから頑張《がんば》れ」

こそっとした呟きだったので、真剣《しんけん》に思案している昌浩の耳には入らなかったらしい。

物の怪は昌浩の膝《ひざ》を尻尾で叩いた。

「おい、お前も早く休め。今日も出仕だろうが」

「…え？　ああ、うん」

不承不承の体《てい》で頷き、狩衣《かりぎぬ》を脱《ぬ》いで茵《しとね》にもぐりこんだ昌浩は、ほどなくしてうとうとしはじめる。

昌浩が脱いだまま無造作に放った狩衣を、しわにならないように適当にたたんだ物の怪は、大儀《たいぎ》そうにあくびをして茵の横に丸くなった。

そんな物の怪の仕草を半分眠《ねむ》りながら見ていた昌浩は、ふいにぼんやりと考えた。

「……どうして…」

部屋で眠っていたはずの彰子が、どうして俺の部屋に来たんだろう――。

《………て…》

完全に眠りの淵《ふち》に沈《しず》む寸前、昌浩は誰かの声を聞いた気がした。

それは、本当に悲しくかそけく、誰のものかもわからないほど儚《はかな》い声だった。

◆　◆　◆

夜明けまではまだときがあった。

真円に近い月影《つきかげ》が皓々《こうこう》と降り注ぎ、星の光はほとんど隠れてしまっている。藍色《あいいろ》の空はどこまでも深く、静寂《せいじゃく》に満ちていた。

その夜の中に、ふたつの影があった。

翼《つばさ》を広げて天を駆《か》けてきた影は、滞空《たいくう》して平安の都を見下ろす。

「……近い」

一方の放った声に、もう一方が応じる。

「ああ、間違《まちが》いない」

大鷲《おおわし》のものとよく似た翼を羽ばたかせて、ふたつの影は身を震《ふる》わせる。

「ようやく…」

「いいや翻羽《ほんう》、安心するにはまだ早い」

諫《いさ》めるような声に、翻羽と呼ばれた影は語気を僅《わず》かに荒《あら》げた。

「わかっている！　……だが越影《えつえい》よ、お前とて、俺と同じ想《おも》いのはずだ」

「当たり前だ」

彼らは異形だった。月影の中でも目立たぬように、巧妙《こうみょう》に闇《やみ》をまとって姿を隠しているのだ。

都を俯瞰《ふかん》しながら、翻羽は低く唸《うな》った。

「ここだ。この地のどこかに、踰輝《ゆき》がいる」

それを感じる。間違いなく。

「踰輝の、……魂《たましい》が、必ず……！」

堪《こら》えきれないようにして、翻羽は翼を大きく羽ばたかせた。激情が迸《ほとばし》りそうになるのを、そうやって抑《おさ》えているのだ。

翻羽の羽ばたく音を聞きながら、闇をまとった越影は厳《おごそ》かに呟《つぶや》いた。

「踰輝…。今度こそ、俺は……」

胸の奥で、白い面差《おもざ》しが弾《はじ》けて消える。

最後に聞いた声が、耳の奥にこびりついている。

「――行くぞ、越影」

越影を促《うなが》し、翻羽は天を駆け出した。

◆　◆　◆

陰陽寮《おんみようりよう》に出仕した昌浩は、堪えきれないように小さくあくびをした。

それを見た物の怪《もののけ》が渋面を作る。

「昌浩、今日はちゃんと休めよ」

険のある夕焼けの瞳《ひとみ》に、昌浩はばつの悪そうな顔で反論した。

「大丈夫《だいじようぶ》だよ。ちょっと眠いような錯覚《さつかく》がしただけで」

今日は比較的遅め《ひかくてきおそ》の出仕だったので、出かける前に少しだけ休むことはできたのだ。だが、昌浩の仕事は雑務がほとんどで、単調な作業が多いので、どうしても眠気《ねむけ》に襲《おそ》われる。

「ほう、錯覚が」

「そうそう、錯覚が」

引き攣《つ》った笑《え》みを浮《う》かべる昌浩をじとっとねめつけていた物の怪は、ふと耳をそよがせて首をめぐらす。

ひどく焦《あせ》った様子でばたばたと駆けていく陰陽生《おんみようせい》の姿が見えた。

物の怪の視線を追った昌浩は、軽く目を瞠《みは》る。

「珍《めずら》しいな、敏次殿《としつぐどの》があんなに血相を変えて……」

藤原敏次は昌浩より三歳年長で、陰陽生筆頭だ。あの若さで筆頭の地位を得ているだけあって、相応《そうおう》の才覚と努力があるのだが、ひとつだけ足りないものがあるのだった。

昌浩がいるのは陰陽寮の一角で、幾人《いくにん》も役人が文台についてそれぞれの仕事をこなしている。

直丁《じきちょう》の昌浩はすみのほうで、しゃこしゃこと墨《すみ》をすっていた。

昌浩から一番遠い辺りで巻物を広げていた陰陽師《おんみょうじ》の許《もと》に、険しい顔をした陰陽生が何かを耳打ちする。驚《おどろ》いた様子で立ち上がった陰陽師は、陰陽生とともに移動する。

「出しっぱなしで行っちゃったよ」

「なんだか妙《みょう》に慌ててたなぁ。何かあったのか？」

陰陽生たちが向かったのは暦《れき》部の方だった。陰陽寮には陰陽部、天文部、暦部、漏刻《ろうこく》部が配されているのだ。

妙に気になった昌浩は、手を止めて奥の様子をそっと窺《うかが》った。やけにざわついているようだった。ぴりぴりとした空気が、ここまで伝わってくるようだ。

「……ねぇ、もっくん。ちょっと様子見てきてくれない？」

「しょうがねぇなぁ」

のそりと立ち上がった物の怪が、ぽてぽてと歩き出す。白い姿が角を曲がって見えなくなった。

そこに、青い顔をした敏次が戻《もど》ってくる。

「昌浩殿」

「あ、すみません、すぐ……」

叱責《しっせき》されるのだと思い、先んじて謝った昌浩を、敏次はさえぎった。

「そんなものはいいから、早く天文博士《はかせ》のところへ」

昌浩は瞬《まばた》きをした。

「え…？」

天文博士は昌浩の父、安倍吉昌《よしまさ》だ。

「あ、では、これを終わらせたらすぐに…」

出したままでは乾《かわ》いてしまうし、昌浩の仕事はまだまだあるのだ。

だが、敏次はいささか焦《じ》れたように首を振《ふ》る。

「いい、私がやっておく」

「え、でも…」

ふいに、物の怪が凄《すさ》まじい速さで駆け戻ってくるのが見えた。

「昌浩！」

昌浩にしか聞こえない物の怪の声に、敏次の言葉が重なる。

「早く！　暦博士が、異形のものに…！」

「成親《なりちか》が、化け物に襲われたらしい！」

ふたつの声が鼓膜《こまく》に突《つ》き刺《さ》さる。

昌浩は目を瞠ったまま、茫然《ぼうぜん》と呟いた。

「……え……？」

安倍晴明の次男吉昌。それが、昌浩の父親だ。

吉昌には三人の息子《むすこ》がいる。三男の昌浩だけが安倍邸《てい》で暮らしており、長男と次男はとうに結婚《けっこん》して家を出ている。それなりに忙《いそが》しい日々を送っている子どもたちなので、実家に顔を出すのはごくたまにだ。

だが、吉昌や昌浩は、多いときには彼らと日に数回顔を合わせる。

安倍吉昌の子どもたちはみな、陰陽寮に勤めているからだ。

思いがけない報《しら》せを受けて硬直《こうちょく》してしまった昌浩を、敏次は半ば無理やりに天文博士である吉昌の許に向かわせた。最初はのろのろと足を進めていた昌浩だったが、最初の衝撃《しょうげき》が薄《うす》れると、一転してまろぶように走り出す。

普段《ふだん》ならば叱責されるような不調法だったが、寮のほとんどの役人たちは事態を知っているらしく、何も言わずに昌浩を見送る。

途中《とちゅう》で早足の陰陽師と陰陽生たちとすれ違《ちが》った。物の怪は怪訝《けげん》そうに彼らを一瞥《いちべつ》したが、昌浩にはそんな余裕《よゆう》はない。

「父上！」

息せき切る息子の蒼白《そうはく》の顔を見上げ、吉昌は硬《かた》い面持《おもも》ちで入るように促した。

そこには、昌浩の二番目の兄である昌親《まさちか》の姿もあった。彼は天文生なのだ。

「父上、昌親兄上。兄上が、成親兄上が異形のものに襲われたというのは……」

もどかしそうにして言葉をつなぐ昌浩に、吉昌は頷《うなず》く。

「大内裏《だいだいり》に向かう道すがら、突如《とつじょ》として現れた妖《あやかし》に襲われたということらしい」

たまたま知己《ちき》の役人とともに歩いていた際の出来事だったという。

漆黒《しっこく》の異形は複数。うちの一頭が、牛のような声で鳴きながら成親に襲いかかり、成親は傷を負いながらもそれを退けたということだった。

「同行されていた方は……」

「ご無事だ。人を呼び、参議殿のお邸《やしき》に成親を運んでくださってから、穢《けが》れを祓《はら》うための物忌《ものいみ》に入られている」

同行していたのは成親の友人で横笛師の紀芳彬《きのよしあきら》という男で、報せを受けた成親の舅《しゅうと》は、すぐさま退出したという。身内の負った異形の穢れが、内裏や帝《みかど》に及《およ》んではならないという配慮《はいりょ》だった。

昌浩は膝《ひざ》の上で拳《こぶし》をきつく握《にぎ》り締《し》めた。

「父上…、兄上は…」

真っ青な昌浩の背を、昌親が安心させるように何度も叩《たた》く。

「昌浩、大丈夫だ。あの兄上のことだから、きっといま頃《ごろ》は休みの大義名分ができたと思っていらっしゃるんじゃないかな」

だが、そう言っている昌親の顔も強張《こわば》っているのだ。

ずっと話を聞いていた物の怪は、尻尾《しっぽ》をぴしりと振って三人の間に入った。

「詳《くわ》しいことは報告待ちなのか」

剣呑《けんのん》に見上げてくる物の怪に、吉昌は苦渋《くじゅう》をはらんだ面持ちを返す。

「はい。仕事を放り出していくわけにもいきませんので」

だが、本音はいますぐにでも息子の安否を確かめるために駆《か》けつけたいに違いない。それは昌親も同様なのだ。このふたりは真面目《まじめ》すぎるほど真面目なところがあるので、私事を優先させることができないでいるのだった。

長い付き合いで物の怪はそれをわかっている。軽く嘆息《たんそく》して、昌親に目をやった。

「お前は吉昌ほど責任はないんだ、成親のところに様子見に行くくらい問題ないだろう」

確かにそのとおりだ。昌浩は次兄《じけい》の横顔を振り返る。

昌親は、困ったように顔をしかめた。

「そうしたいのは、山々なんだが…。陰陽部から、待ったがかかっていて」

「なに?」

怪訝に眉《まゆ》をひそめた物の怪に、吉昌が告げた。

「実は、襲われたのは成親だけではないのです。他《ほか》にも、参内《さんだい》途中の殿上人《てんじょうびと》がふたり」

妖退治の勅命《ちょくめい》が下るのは時間の問題だろう。検非違使《けびいし》たちをはじめとした武官とともに、陰《おん》陽《みょう》の術を体得した陰陽寮の役人にその役目が回ってくるは必定だ。

「勅命が下り次第《しだい》動き出すために、待機していろということなんだ」

「そんな…っ！」

家族の安否を確かめに行くこともできないとは。

「そこで、お前を呼んだのだ」

吉昌の言葉に、昌浩は目をしばたたかせる。

「我々はここを動けない。代わりにお前が成親の様子を見てきてくれ」

吉昌のあとを昌親が継《つ》いだ。

「頭《かみ》からも許可をいただいてあるから、心配しなくていい。頼《たの》んだよ、昌浩」

物の怪は耳をそよがせた。

「確かに、下っ端《ぱ》の直丁はいなくても問題ないわなぁ」

だが、それは大変誤った認識《にんしき》だということを、物の怪も、吉昌も、そして昌親も知っている。

彼らの前にいる十三歳の少年は、大陰陽師安倍晴明が唯一《ゆいいつ》認めた後継者《こうけいしゃ》なのだ。

父と兄の言葉を理解した昌浩は、腰《こし》を浮《う》かせながら頷いた。

「はい！」

大内裏を出た昌浩は、成親の住む参議の邸にひた走った。
成親は藤原氏の姫《ひめ》を娶《めと》り、いまはそちらの家に入っている。参議邸は左京の四条《しじょう》。
時刻はもうすぐ午《うま》の刻になろうとしていた。

3

門を閉めた彰子は、被《かず》いた衣《ころも》からそっと顔を出して空を見上げた。

雲ひとつなく晴れ渡《わた》った空が高い。

「いいお天気……」

歩き出した彰子のあとを、隠形《おんぎょう》した幾《いく》つかの気配がついていく。

後ろのほうをちらちら気にしていた彰子は、そっと口を開いた。

「心配してくれてるのね、ありがとう」

《……さすがだな》

徒人《ただびと》の目には映らないように、けれども見鬼《けんき》の才を持つものの目には見える程度に神気を強めて、十二神将玄武は感嘆《かんたん》したように言った。

「隠形している我らの存在に感づくとは、相当の力だ」

「本当に」

同胞《どうほう》に頷くのは、金色の髪《かみ》をした優《やさ》しげな風貌《ふうぼう》の天一だ。

昌浩と窮奇との血戦の折、彰子の許を訪《おとず》れて神具を貸してほしいと申し出たのがこのふたりの神将だった。その縁《えん》ゆえにか、彰子の近くには大概《たいがい》このふたりが付き従っている。

外に出るのは初めてではない。いくら正体を隠さなければならないといっても、邸から一歩も出ないというわけにはいかない。

それに、昌浩の母である露樹《つゆき》は彰子の氏素性《うじすじよう》を知らないのだ。晴明に縁ある貴族の姫とだけ聞かされていて、それ以上踏《ふ》み込んだことは彰子にも尋《たず》ねてこようとはしなかった。

「本当に、何もお気づきではないのかしら」

彰子の言葉が誰をさしているのか、神将たちは正確に読み取った。

「さぁてな。何しろ人外魔境《まきよう》たる安倍家の嫁《よめ》だし、よほどのことがない限りあれは動じないからなぁ」

天一の隣《となり》に顕現《けんげん》した十二神将朱雀《すざく》が、屈託《くったく》なく笑う。つられて彰子も微笑《ほほえ》んだ。

「ご存じないなら、そのほうがいいと思うの。秘密というのは重さを伴《ともな》うものだから…」

背負う人間は、できるだけ少ないほうがいい。そうして、いつか本当のことを誰も知らなくなる日が来るまで隠し通せば、彼女らの偽《いつわ》りは真《まこと》になるだろう。

「内裏は…」

ついと視線を動かす彰子に、玄武が指差してみせる。

「あちらだ。昌浩も、いま頃《ごろ》は陰陽寮で役目にいそしんでいるはず」

いつもより少し遅《おそ》めに出仕していったから、今日の帰りは少しだけ遅くなるはずだった。

「今日も、帰ったらまた、都に出るのかしら」

玄武と天一は顔を見合わせた。

今朝、昌浩は遅刻《ちこく》ぎりぎりまで寝《ね》ていたため、ろくに話をすることもできなかったのだ。慌《あわ》てて朝餉《あさげ》を掻《か》きこんでいる昌浩に、彰子は物言いたげな目を向けていた。

「姫、何か心配事がおありですか？」

「え？　あ、ううん。なんでもないの。ただ……」

ふいと目を泳がせて、言葉を探している様子を見せる。

「特に何か起こったわけじゃないのに、毎晩のように夜警に出ている昌浩が、身体《からだ》を壊《こわ》さないかと思って……。ちゃんと眠《ねむ》っているかどうかも、気にかかるし」

「言われてみれば、そうかもしれんな」

しかつめらしい顔をして玄武が頷く。天一と朱雀も互《たが》いを見交《みか》わした。

主である安倍晴明が若い頃に、昌浩と同じようにしょっちゅう夜警に出ていた過去があるため、神将たちはいやはや歴史は繰《く》り返すなぁという程度の認識でしかなかったのだ。

だが、確かに現在の都にはこれといった異常事態は起こっていないはずなので、毎晩出かける必要はない。

「あとで我々から昌浩様にお伝えしておきましょう」

横に並んで穏《おだ》やかに微笑む天一を見上げて、彰子は目を細める。

「ありがとう……」

彰子の瞳《ひとみ》がかすかに揺《ゆ》れる。それに気づき、天一は気遣《きづか》わしげに瞬《まばた》きをした。

「姫、ほかにも何か……」

言い差す天一に首を振《ふ》り、努めて明るい声で告げる。

「昌浩においしくて栄養のあるものを買っていってあげようと思うの。何がいいか、みんなも考えてね」

市までの道は平坦《へいたん》だが、距離《きょり》はだいぶある。

彰子はまっすぐに前を見て、少しだけ足を速めた。


先触《さきぶ》れもなしに訪れた使いの者は、文《ふみ》を置いて瞬《また》く間に帰って行った。人目を忍《しの》ぶようにして、終始うつむき加減だった。

文台の前で、安倍晴明はううむと唸《うな》っていた。

「晴明、何事だ」

すぐ傍《かたわ》らに顕現した十二神将青龍《せいりゅう》が険しく問うてくる。彼の近くには端座《たんざ》した天后《てんこう》がいて、窺《うかが》うような視線を向けてくるのだった。

しばらく思案していた晴明は、やれやれと肩《かた》を落として神将たちを振り返った。

「天后」

「はい」

呼ばれた天后は居住まいを正した。青龍の目が険を帯びる。

「その宵藍《しょうらん》とともに、この文を送ってよこした参議殿のお邸《やしき》の様子を見てきてくれんか」

ふたりの顔に困惑《こんわく》が浮かぶ。

青龍は天后を一瞥《いちべつ》した。

「様子を見てくる程度なら、天后ひとりで事足りるだろう」

「私では力不足ですか？」

ふたり同時に発言されて、晴明はひらひら手を振った。

「いや、そういうわけではない。少し気になるのでな、念には念を入れ、ということだ」

だが、天后は収まらない様子だ。険しい目で老人をまっすぐに見つめてくる。

「どう、気になるのでしょうか。それをお話しください」

波立つ感情で、翠《みどり》の双眸《そうぼう》がきらきらと輝《かがや》いている。

晴明は腕組《うでぐ》みをして首を傾《かたむ》けた。

「朝、紅蓮から聞いた話によると、死んだはずの異邦《いほう》の妖異《ようい》そっくりの妖《あやかし》に、昨夜遭遇《そうぐう》したという」

紅蓮の名を聞いた途端《とたん》、青龍の眉間《みけん》のしわが深くなった。横目でそれを見た晴明は、内心で肩を落とす。

「それがなんだ」

「冷たいのぅ。紅蓮の名を出したくらいでそんな顔をするな。ほれ、その眉間。そのまま定着してしまったらどうする…」

「晴明様、つづけてください」

紅蓮に対しては決して快い感情を持っていない天后が、淡々《たんたん》と促《うなが》す。

「お前たち、なぁ……」

ふたりの目が、冷たい。嘆息《たんそく》したいのをぐっと堪《こら》えて、軌道《きどう》修正した。

「……この文の主には、御歳十六になられる姫がおられるそうなのだが、明け方その姫の許《もと》に恐《おそ》ろしい影《かげ》が現れたという」

青龍と天后の面差《おもざ》しが、すっと引き締《し》まった。

「関係があるかどうかはわからん。現れたというのは別の妖である可能性もある。だが、もし万が一、異邦の妖異であった場合のことを考えると、ひとりではないほうがいいと思ったのだよ」

天后はぐっと唇《くちびる》を引き結び、ついと目を伏《ふ》せた。

「……そういうことなら、確かにひとりでないほうがいいかもしれません」

息をつき、天后は青龍を見やった。

「青龍、一緒《いっしょ》に行ってもらえるかしら」

青龍は不機嫌《ふきげん》そうに口を開いた。

「仕方がない」

「ごめんなさい」

「俺がいつお前を非難した。些細《ささい》なことで謝るな」

「……ごめんなさい」

しょげたようにうつむく天后の細い肩を眺《なが》めながら、晴明は思った。

青龍のあの言い方では、責められているような気にもなろうというものだ。青龍も、心遣《こころづか》いとか気配りとか優《やさ》しさというものを、ほんの僅《わず》かでいいから言動に上乗せしてくれると、場が和《なご》むと思うのだが。

そんなことを考えた晴明だったが、青龍が彼の式にくだってから五十余年、そんなところは見たことがないので、かなわない願いなのだろうなぁということもわかっていた。

老人がそんなことを考えているなど露知《つゆし》らず、青龍に促されて天后は立ち上がった。

肩が小さく見える。どうしよう、このまま行かせるべきだろうか。人選を再考するべきかもしれない。

「ふたりとも待て」

出て行きかけたふたりが振り返る。

「やはり、別の……」

そこに、新たな神気が顕現《けんげん》した。

「晴明、それならば私が行こう」

採光のために開けられた蔀《しとみ》の前にたたずむ十二神将勾陣《こうちん》は、天后に涼《すず》やかな笑《え》みを向けた。

「しばらくぶりの人界だしな」

天后は目をしばたたかせてから、青龍を一瞥する。何やら物言いたげな瞳だ。青龍は剣呑に目を細めた。

「俺はどちらでも構わない」

「あ…でも……」

言い澱《よど》む天后の許にすたすたと歩み寄り、彼女の肩を軽く押しながら勾陣は晴明を顧《かえり》みる。

「さあ行くぞ天后。晴明、異存はないな」

「ああ、頼んだよ」

好々爺然《こうこうや》と笑ってひらひら手を振る晴明に応じて、勾陣と天后はそのままふっと隠形《おんぎょう》する。

残された青龍は、ふたりが消えたあたりをしばらく無言で眺めていたが、そのまま室内に戻《もど》って腰《こし》を落とし、腕《うで》を組んで柱に寄りかかった。

いつもより乱暴な所作に、晴明は目を丸くする。

「なんだ、実は行きたかったのか、宵藍」

「違《ちが》う」

だが、本日見る限りでは一番不機嫌そうな顔をしている。

文台に目を向けながら、晴明は苦笑《くしょう》した。まったく、素直《すなお》でない。

広げた文を睨《にら》んで、老人は口元に手を当てる。

明け方、姫《ひめ》は異様な気配を感じて目を覚まし、御帳《みちょう》の外から様子を窺っているふたつの黒い影に気づいたのだという。恐怖《きょうふ》のあまり声も出なかった姫は、その影が姿を消すまで生きた心地《ここち》がせず、夜明けの一番鶏《いちばんどり》の鳴く声がするまで硬直《こうちょく》していたらしい。

夜明けの光が射《さ》してからようやくひとを呼び、気がゆるんだのかずっと泣きつづけ、つい先ほどようやく眠《ねむ》った。それまで姫をなだめることに腐心《ふしん》していた参議は、娘《むすめ》の将来を思い、ひそかに使いを送ってよこしたのである。

晴明は思案する。手出ししてこないのならば、とりあえず結界を張ればすむ。穢《けが》れは祈禱《きとう》で祓《はら》えばいい。

問題は、この文に触《ふ》れた際に、晴明の直感がこれはまずいと伝えてきたことだ。

それは何の根拠《こんきょ》もないものだが、彼はこれまでに幾度《いくど》となくその直感に救われてきた。

紅蓮から聞いた、黒い蚕蚕の件も気にかかる。

「つながっていると思ったほうがいいのか……」

低い呟《つぶや》きに、青龍が目だけを向けてくる。

しばらく思案に暮れていた晴明は、ふと顔をあげた。

「……来客か」

次いで、門のほうから声がした。

「晴明殿《どの》に、お取り次ぎを！」

瞬《まば》きをした晴明の耳に、引き攣《つ》れたような叫《さけ》びが突《つ》き刺《さ》さる。

「当家の姫を、どうぞお救いください……！」


干した果物を売っている店で幾《いく》つかの品を買い求めた彰子は、そのまま何とはなしに市を見て回っていた。

だが、その面持《おもも》ちはどうしてか曇《くも》っている。時折ため息をついて、神将たちの視線に気づき、慌《あわ》てて元気なそぶりを見せるのだ。

市の近くに流れている川べりで、彰子は膝《ひざ》を折って流れる水面を見ていた。

その横に、玄武が立っている。天一と朱雀は、隠形して彼女の背後に控《ひか》えていた。

しばらく無言だった彰子に、玄武は静かに問いかける。

「姫よ。何を思い悩《なや》んでいるのだ」

たくさんの都人でにぎわう市は、喧騒《けんそう》に満ちている。衣《ころも》を被《かず》いたひとりの少女が川べりにうずくまっていても、気にかける者はいない。

安倍邸ではこうはいかない。彰子が沈《しず》んだ顔をしていれば、まず昌浩がひどく心配する。晴明も案じてくるだろうし、露樹も気遣《きづか》うだろう。

「ごめんなさい…。大したことじゃないの」

「大したことだと顔に書いてあるように我には見える」

彰子はぐっと詰《つ》まって、何かを堪えるような顔をする。

「別に我は責めたてているわけではない。ただ、できるなら頼《たよ》りにしてほしいと考えている。姫は我らが主の大切な客人だ」

子どもらしい声音《こわね》はしかし、いつも大人のような尊大さを持っている。重々しい言い回しは彼の外見に似つかわしくないのだが、接することが多いので不自然さを感じることはほとんどなくなった。

「……ちょっと、ね。怖《こわ》い夢を見たの。……ただの、夢よ」

玄武は瞬きをした。

「夢、か」

「ええ、そう。ただの夢だから、本当になんでもないの」

《なんでもないという様子ではないな。姫、どんな夢だ》

背後に控えている朱雀が問うてくる。その隣《となり》にいるだろう天一の視線も感じて、彰子は唇を嚙《か》んだ。

言霊《ことだま》というものがある。名前には呪《しゅ》の力があって、迂闊《うかつ》に唱えてはいけない。

もう滅《ほろ》んだはずの大妖《だいよう》の名前を、だから彰子は口にできないでいるのだ。

「……戻ったら、ちゃんと話すわ」

《だが、姫…》

《朱雀…》

言い募《つの》ろうとする朱雀を制し、天一がそのあとを引き受けた。

《……わかりました。さぁ彰子姫、そろそろ風も冷たくなって参りましたし、帰りましょう》

彰子は顔をあげた。

気がつけば、太陽がだいぶ傾《かたむ》いている。振《ふ》り返れば、あれほど行き交《か》っていた人々の姿が減り、まばらになっていた。半数以上が既《すで》に店じまいをしている。

ぼんやりしているうちに、かなり時間が過ぎていたようだ。

彰子は慌てて立ち上がった。

「本当だわ、早く帰らないと……」

露樹が心配するだろう。神将たちが同行してくれていることは、露樹は知らないはずだ。

いやしかし、もしかしたら晴明が伝えているかもしれない。露樹は見鬼《けんき》の才を持たない徒人《ただびと》だが、晴明の従える式神たちのことはよく知っているのだ。

そうであってほしいと願いながら、紙包みを抱《かか》えた彰子は家路を急いだ。

三条《さんじょう》の市から一条《いちじょう》の安倍邸まではだいぶ距離《きょり》がある。いまは冬で日も短いから、用を済ませたらすぐに戻るようにと言われていたのに、それを破ってしまった。

「戻ったら、露樹様に謝らなきゃ…」

一条を目指す彰子の作る影《かげ》が、少しずつ長くのびていく。

◆　◆　◆

傾いた太陽を見上げて、その男は口端《こうたん》を吊《つ》り上げた。

端整な面差《おもざ》しの、長身の男だった。身にまとう漆黒《しっこく》の長衣は異国のもののようだ。額に菱形《ひしがた》の印を持ち、左目の下に黒い模様がある。肩《かた》までの髪《かみ》はくせがあり、長い前髪で右目が隠れていた。

「ああ、そろそろよい頃合《ころあい》ですね」

男の周囲に居並ぶ黒い影が、待ちきれないといわんばかりに身を震《ふる》わせる。

『方士を……!』

『にっくきかの方士めを、必ずやこの爪《つめ》で…!』

地の底から響《ひび》くような声音でうめく二羽《にわ》の鳥妖《ちょうよう》を眺《なが》めやり、男は厳《おごそ》かに口を開く。

「ご安心ください、お二方。かの者の所在は既に摑《つか》んでいるのです。あとは、いましばらく待つのです」

『待てぬ、待てぬぞ…!』

『そうだとも、待てぬ、待てぬ…!』

歌うように繰《く》り返す鳥妖は、両翼《りょうよく》を広げて羽ばたいた。翼《つばさ》によって生じた突風《とっぷう》が砂塵《さじん》を撒《ま》き散らし、無数の妖《あやかし》たちを打ちのめす。

「鶚、鵜よ。おやめなさい。あなた方が妖力をふるうのは、ここではない。それに…」

ついと背後を顧《かえり》みた男は、うずくまる大きな影に一礼した。

「身勝手な振舞《ふるま》いは、お怒《いか》りに触れましょうぞ」

ざわざわと妖気が立ち昇《のぼ》って、その身を包む闇《やみ》の中に、炎《ほのお》のような両眼がきらめく。

その眼光に射貫《いぬ》かれて、鳥妖たちは即座《そくざ》にひれ伏《ふ》した。

『お許しを…!』

『どうか…!』

闇の中から、轟《とどろ》くような唸《うな》りが響く。

『……方士を…ここへ……！』

男は厳かに頷《うなず》いた。

「我が主《あるじ》よ、お任せを」

ついと目線を滑《すべ》らせる。

「ですが、あの幼い方士だけでは、満たされますまい――」

残忍《ざんにん》な光が男の双眸《そうぼう》に点《とも》る。

それを受け、無数の影が動き出した。

◆　◆　◆

4

左京、綾小路《あやこうじ》と櫛笥小路《くしげ》の辻《つじ》近くに建つ邸《やしき》が、参議の藤原為則《ためのり》の邸だ。成親はこの家の娘婿《むすめむこ》なのである。

ぜいぜいと荒《あら》い呼吸で肩を上下させる昌浩の姿を見た顔馴染《かおなじ》みの雑色《ぞうしき》は、即座に中にとおしてくれた。

邸に上がって奥に進む間も、息は整わず汗《あせ》が噴《ふ》き出す。

「さ、どうぞ」

先導の女房《にょうぼう》に促《うなが》されて、昌浩はそっと室内に入る。

茵《しとね》の上で、上半身をはだけた成親が、いままさに包帯を替《か》えている最中だった。

「おお、来たか弟よ。……ひどい顔をしているなぁ」

血の気の失《う》せた顔で、長兄《ちょうけい》成親がにやりと笑う。

それを見て、昌浩はその場にへたりと膝をついた。

「あ、兄上……！」

「なんだ、思ったより元気そうじゃないか」

昌浩の肩に乗っていた物《もの》の怪《け》が、肺がからになるほど大きく息を吐《は》き出して呟《つぶや》く。

成親は目をすがめて口をへの字に曲げた。そうして、包帯を替えていた妻に、少し下がってほしいと頼《たの》む。

「成親殿」

軽く睨《にら》まれて、成親は片手をあげた。

「大丈夫《だいじょうぶ》だ。それより、これに水か白湯《さゆ》を用意してやってくれ」

「あ、いいえ、お気遣《きづか》いは…」

慌《あわ》てる昌浩を顧みた北の方は、不承の体《てい》で立ち上がった。成親は、少しはずしてくれと言っているのだ。

「昌浩殿、少しだけですよ」

昌浩は何も言えずにこくこくと頷く。

北の方と一緒《いっしょ》に女房たちも離《はな》れたらしい。ひとの気配が遠ざかる。

包帯を確かめてから単衣《ひとえ》に袖《そで》を通した成親は、小さくうめいて顔をしかめた。

「兄上！」

色を失う昌浩に案ずるなと仕草で示し、白い物の怪を見る。

「すまん騰蛇、少々きつい」

物の怪はひとつ瞬《まばた》きをして、昌浩の肩から飛び降りる。

「もっくん？」

「俺は外で聞く。傷に障《さわ》るからな」

「え？」

物の怪は尻尾《しっぽ》を一振《ひとふ》りすると、そのまま御簾《みす》の下をくぐって廂《ひさし》に移動した。

成親にとって十二神将騰蛇は畏怖《いふ》の対象なのだ。普段《ふだん》は気を張って平然と対峙《たいじ》しているのだが、怪我《けが》をした身ではやせ我慢《がまん》が難しい。物の怪はそれもお見通しなので、成親の希望を聞いてやった。

「妖に襲《おそ》われたと聞きましたが…」

「ああ。いままで見たこともないような奴《やつ》だった。からくも退けたが、倒したわけじゃない」

昌浩は怪訝《けげん》に眉《まゆ》を寄せる。

「見たこともない……？」

肩から胸までを示しながら成親はつづける。

「真っ黒でよく見えなかったんだが、こう、牛の様な姿でな」

「え…？」

昌浩の心臓がどくんと跳《は》ね上がる。

見たこともない黒い妖。昨夜昌浩が遭遇《そうぐう》したのも、そういうものではなかったか。

「突進《とっしん》してきて、角でえぐられた。……正直、助かったのは、単に運がよかっただけという気がする」

それほどに強い妖気を放っていたのだ。

傷を負いながらも放った攻撃《こうげき》の呪文《じゅもん》がなんとか功を奏したようで、九死に一生を得た。

安倍氏である成親も陰陽《おんみょう》の術を体得している。それは、都にいる術者の中では一流の部類に入るのだ。昌浩が生まれるまで、晴明の後継《こうけい》は成親になるのだろうと誰もが目していたほどに。

「あれは、俺では歯が立たない。とにかくお前に早く報《しら》せようと思っていたんだが……。あれが、泣いて泣いてどうしようもなくてな」

ため息混じりの言葉に、昌浩は義姉《ぎし》の顔を思い出す。

結婚《けっこん》前はなよ竹のかぐや姫《ひめ》と呼ばれたほどの美貌《びぼう》を誇《ほこ》る義姉の目は、真っ赤になっていた。

ふさがらない傷からの出血で見る間に使い物にならなくなる包帯を替える役目を、成親の妻は泣きながらすべてひとりでやり通したのだ。

死ぬようなことがあったら絶対に許しません、と。普段からは想像もできないほど弱々しい語調で繰り返していた。

失血で朦朧《もうろう》としていた成親は、わかったから泣くなとなだめつづけた。

いまも、傷はふさがりきったわけではない。包帯できつく巻いて押さえているだけで、動けば開いてしまうだろう。

「止痛の符《ふ》も止血の符も切らしていてな、間が悪かった。悪いが昌浩、あとで昌親にでも言って持ってこさせてくれ」

俺もまだ死にたくないからなぁとぼやく成親に、昌浩は慌てて言い募《つの》る。

「やめてくださいよ兄上、そんな縁起《えんぎ》でもない」

「おっと、そうだった。言霊言霊《ことだま》」

まずいまずいと言いたげに口元に手を当てて、成親は大儀《たいぎ》そうに横になる。

「それと、血の穢《けが》れがあるから、帰る前に修祓《しゅばつ》を頼む。あとはまぁ、適当に物忌《ものいみ》のひとつもしておくさ」

すると、御簾《みす》の向こうから呆《あき》れたような物言いがあった。

「物忌どころの話じゃないだろう、こんなときくらい茶化《ちゃか》すな」

姿の見えない物の怪の声が、半分怒《おこ》っているようだ。

まったくだ。大いに賛同する昌浩である。

袿《うちぎ》を胸まで引っ張りあげて息をついた成親は、至極真面目《しごくまじめ》な顔になった。

「妖《あやかし》の正体はさておき。おそらく、狙《ねら》われたのは俺だ」

昌浩が小さく息を呑《の》む。

「兄上、それは…」

「ああ。霊力《れいりょく》がどうのと言っていた。芳彬は徒人《ただびと》だからな、狙いは間違《まちが》いなくこっちだ」

言葉もなく兄の顔を見つめていた昌浩の耳に、ふいに声が響《ひび》いた。

《――災難でしたね、成親様》

　昌浩は瞬きをして視線をめぐらせる。

　御簾の向こうから響く声は、驚《おどろ》きを隠《かく》さない。

「珍《めずら》しいな、太裳《たいじょう》」

　隠形《おんぎょう》していた十二神将太裳が、昌浩の傍《かたわ》らに顕現《けんげん》する。

　穏《おだ》やかな面差《おもざ》しに険しさをにじませて、太裳は優雅《ゆうが》な所作で膝《ひざ》を折った。

「先ほど、晴明様の許《もと》に報《しら》せがありました。さすがの晴明様も、怒っていらっしゃいましたよ」

　その台詞《せりふ》に成親は苦笑《くしょう》を浮《う》かべる。

「あーあー。異形相手に後《おく》れを取ったからなぁ」

　だが、太裳は静かに首を振《ふ》る。

「いいえ。自分のところにこの件の報せがくるのが誰よりも遅《おそ》かったことに対してです」

「は…？」

　虚《きょ》をつかれて目を瞠《みは》る成親に、太裳は穏やかに告げる。

「大層案じていらっしゃいました。本音はこちらに自ら出向きたかったのだと思われますが、負担になるだろうということで、私をつかわされたのですよ」

　言いながら、太裳は手にした包みを差し出す。

「これを。晴明様よりの差し入れです」

成親はかぱっと口を開いて包みを見つめる。

「……こんなときになんだが…」

「はい?」

「実は俺、おじい様に愛されていたんだなぁ。あまりにもわかりにくいから、かなり疑っていたんだが」

それを聞いて、昌浩は一瞬《いっしゅん》遠い目をした。ああ、その気持ち、ものすごくよくわかる。

表情から彼らの思考を察した太裳は、なんともいえない顔をする。

「おふたりとも…、晴明様のことをどのように思っていらっしゃるのですか……」

成親は慌てて昌浩を見た。

「昌浩、それ、開けてくれ」

「ああ、はい。……これ…」

太裳の出した包みを受け取った昌浩がそれを開くと、できたばかりと思《おぼ》しき符が大量に入っていた。止痛や止血の符だ。

今度こそ成親は感嘆《かんたん》した。

「わー、おじい様が優《やさ》しい。槍《やり》が降るんじゃないのか?」

「俺もそう思います」

半ば茫然《ぼうぜん》と頷《うなず》く昌浩の言葉に、太裳はそっと嘆息《たんそく》する。

「ひどい物言いをなさる…。まぁ、それだけ軽口が叩《たた》けるのでしたら、心配はないですね」

「まぁな。みんなにもそう言っておいてくれ」

「承《うけたまわ》りました」

一礼すると、太裳は音もなく立ち上がる。

「では、私はこれで」

ふと視線を御簾の向こうに向け、太裳は瞬《まばた》きをした。

「騰蛇。なぜそんな場所に？」

「兄弟の感動の再会を邪魔《じゃま》しちゃ悪いだろう」

うそぶく物の怪の言い草にそっと笑うと、太裳は隠形した。神気もふっと掻《か》き消える。

風のように降り立ち風のように去っていく。太裳はいつもそうだ。

部屋のすみにあった文台に符をのせる。成親の様子を窺《うかが》うと、顔色が先ほどより悪くなっていた。そろそろ限界だろう。軽口で誤魔化《ごまか》しているだけで、実際は相当ひどい傷なのだろうと思われた。

「兄上、俺もそろそろ帰ります」

「ああ。すまんな」

昌浩が立ち上がると、成親はほうと息をついて目を閉じた。こんなに弱った姿を見るのは初めてだ。

そうっと部屋を出た昌浩に、駆《か》け寄ってきた物の怪が声をひそめる。

「昌浩。この邸《やしき》に結界を張っておけ」

「え？」

夕焼けの瞳《ひとみ》が剣呑《けんのん》にきらめく。部屋の中を気にするふうの物の怪を抱《だ》き上げて、昌浩は足を進める。

「もっくん、それは…」

「漆黒《しっこく》の、牛のような妖というのは、獙犽じゃないのか」

昌浩はこくりと頷いた。

「うん。俺も、そう思った」

昨夜現れた黒い蛮蛮と同じように、獙犽もまた復活したのだ。

「成親は退けただけだと言っていた。再びあいつを狙ってくる可能性がある」

昌浩の胸の奥がすっと冷えた。ここには、義姉と子どもたち、それに参議夫婦《ふうふ》と、多数の家人がいるのだ。

「うん、わかった。……でも」

少し言い澱《よど》み、昌浩は唇《くちびる》を噛《か》む。

たとえ結界を張ったとしても、もし本当に成親を襲《おそ》ったのが獙犽だったら。そして、この邸に現れたら。昌浩の結界など、すぐに破られてしまうだろう。異邦《いほう》の妖異《ようい》たちの力は、それほどに強いのだ。

昌浩の手から肩《かた》に登り、反対側に移動して、物の怪は耳をそよがせた。

「ぬかったな。太裳を帰らせなきゃよかったぜ」

瞬きをする昌浩に、片目をすがめた物の怪が前足をあげる。

「あいつの結界は、天一や玄武のより強いんだ」

ちっと舌打ちした物の怪は、背後を顧《かえり》みた。

「六合」

《ああ》

物の怪は昌浩を振り返る。

「交代要員がくるまで六合にいてもらおう。昌浩、結界張って急いで帰るぞ」

「うん、わかった」

そこに、義姉《ぎし》が戻《もど》ってくる。

「昌浩殿、成親殿は…」

「横になっています」

「そう…」

心底安堵《あんど》したように息をつき、義姉は疲《つか》れた顔で笑った。

「いつも、俺は作暦《さくれき》のほうが性にあっているんだなどとうそぶくものだから、きっとばちが当たったのですよ。陰陽寮《おんみょうりょう》の陰陽師《おんみょうじ》の方々にも引けを取らないくせに」

「義姉《あね》上……」

「先ほどは、きつい言い方をしてごめんなさい。でもそうしないと、成親殿はすぐに……」

頷いて、昌浩は義姉を安心させるように笑って見せた。

「わかっています。義姉上も、落ち着いたらちゃんとお休みになってくださいね。でないと国《くに》成《しげ》たちも心配するでしょうし」

義姉は何度も目をしばたたかせて、瞳をうるませながら、そうねと呟《つぶや》いた。

「では、失礼します」

一礼する昌浩に応じた義姉は、そのまま成親の部屋に入っていく。

御簾《みす》の隙間《すきま》から中の様子をそっと窺った昌浩は、茵《しとね》の横に腰《こし》を下ろしてうつむく義姉の頭に成親が手をのばし、なだめるように撫《な》でる様を見て、慌《あわ》てて踵《きびす》を返した。

なにやら急いで足を進める昌浩の様子を訝《いぶか》った物の怪が首を傾《かたむ》ける。

「どうした昌浩」

「や、…なんか、その」

物の怪は昌浩をまじまじと見て、肩をすくめて苦笑した。

「お子様だなぁ、晴明の孫よ」

「うるさいよ、物の怪の分際で」

物の怪は片目をすがめた。

「物の怪言うな、晴明の孫」

「ま……っ、……うー」

ここで怒鳴《どな》ると成親の部屋に聞こえるだろうことに気づき、昌浩は渋《しぶ》い顔をして黙《だま》り込んだ。


二条《にじょう》を過ぎたあたりで、彰子は少しだけ歩調をゆるめた。

ここまでくれば、安倍邸はすぐ近くだ。

《姫《ひめ》、俺が背負ってやろうか？》

軽く息を弾《はず》ませている彰子の様子を見かねた朱雀が申し出るが、彰子は首を振《ふ》る。

「ありがとう。でも大丈夫《だいじょうぶ》よ、もうすぐだから」

彰子と一緒《いっしょ》にたかたかと歩いている玄武が、あまり動かない表情の奥に心配そうな色をにじませる。

「だが、姫はまだ市井《しせい》に触《ふ》れるようになってから日が浅い。このようにして己《おの》れの足で動くことなどなかっただろう。無理はせぬほうがよいのではないかと思われる」

重々しい口調で並べる玄武に、彰子は苦笑《くしょう》する。

「確かにそうだけど……。だからといって、いつまでもみんなに頼《たよ》りきりになったら困るでしょう？　……ちゃんと、歩きたいの。昌浩と同じように」

自分はもう当代一の大貴族の姫ではなく、下級貴族である安倍家の遠縁《とおえん》なのだ。安倍家のものは、常に徒歩で移動する。ごくたまに迎《むか》えの牛車《ぎっしゃ》をつかわされる以外、己れの足で歩くのだ。

《だが、昌浩は車之輔に乗ってあちこち駆け回ってもいるぞ》

朱雀に彰子は朗《ほが》らかに返す。

「あら、それは昌浩が、限られた時間の中で色々なところにいかなければならないからでしょう？　そうでないときには昌浩だって歩いているの、私ちゃんと知ってるわ」

隠形《おんぎょう》している朱雀が諸手《もろて》をあげるのが気配で伝わってきた。降参の意思表示だ。

「姫にやり込められるとは思わなかった」

渋面《じゅうめん》を作る玄武がぼそりと呟く。朱雀も同様のようだった。天一は微苦笑《びくしょう》を浮《う》かべているらしい。

そんな神将たちの気配を感じながら、彰子は自分に言い聞かせる。

大丈夫。みんながいてくれる。それに、昌浩は約束をしてくれた。必ず護《まも》ると。

あの恐《おそ》ろしい声はただの夢だ。そうだ、怖《こわ》い夢は二度と見ない禁厭《まじない》を晴明に教えてもらおう。

そうすれば、こうやってみんなに心配をかけることもなくなるはずだ。

　そう決めた矢先、ふいに彰子の足は動かなくなった。

　突然《とつぜん》立ち止まった彰子に、玄武が胡乱《うろん》な目を向ける。

「姫、どうした？」

　立ちすくむ彰子は、これ以上ないほど大きく目を見開いている。

　肩が大きく震《ふる》えて、抱《かか》えていた包みを取り落とした。それにも気づかない様子で、彰子はみるみるうちに蒼白《そうはく》になっていく。

　尋常《じんじょう》ではない様子に朱雀と天一が顕現《けんげん》する。

「姫、彰子姫。どうなさいました、何か…」

「彰子姫？　姫、しっかりしろ」

　だが、神将たちの声は彰子の耳に入っていない。

　代わりに、あの恐ろしい声が木霊《こだま》する。

『………ら…え…』

　どくんと、鼓動《こどう》が跳《は》ねた。同時に、右手の甲《こう》に刻まれた引き攣《つ》れた傷が、うずく。

『……応《いら》…え…』

　喘《あえ》ぐように息を継《つ》ぎ、彰子はひどく震えながら視線だけを彷徨《さまよ》わせる。

　彼女の視線を追った朱雀は、はっと息を呑《の》み、背負っていた大剣《たいけん》の柄《つか》を摑《つか》む。

「……なに…!?」

それまで何もいなかったはずの場所に、大きな闇《やみ》が生じている。

陽《ひ》はすっかりと傾き、あたりは暮色《ぼしょく》に満ちている。だが、まだ夜には早い。実際、彰子の影《かげ》は東のほうに大きくのびている。

闇の中から、魂《たましい》を搦《から》めとり凍《い》てつかせるような恐ろしい呼び声がした。

『……娘《むすめ》よ……応え…、我が声に……！』

根を生やしたように動かなかった彰子の足が、僅《わず》かに後退した。

この、声は。

全身の血が下がっていく。どくどくと耳の奥で鼓動がやかましく響《ひび》く。その向こうから、声が聞こえる。

——絶対に、応《こた》えたらいけない…

まさひろ、と。彰子の唇《くちびる》が動いた。

喉《のど》の奥で声が凍てつき音にならない。彼の名を呼ぶこともできない。

「天貴《てんき》！　姫を頼《たの》む！」

大剣を構えた朱雀に命じられ、天一は即座《そくざ》に彰子の手を摑む。

「姫、こちらへ！」

『逃《のが》さぬぞ！』

まとっていた闇が爆発《ばくはつ》する。その中から現れたのは、あの金と黒の縞模様《しまもよう》ではなく、漆黒《しっこく》の

背中に具《そな》わった大鷲《おおわし》の翼《つばさ》が広げられ、羽ばたく。

生み出された突風《とっぷう》が竜巻《たつまき》となり、行く手を阻《はば》もうと立ちはだかる朱雀と玄武に叩《たた》きつけられた。

大剣を横に薙《な》ぎ払《はら》って衝撃《しょうげき》を撥《は》ね返した朱雀の額に、冷たい汗《あせ》がにじむ。

朱雀はこの大妖と対峙《たいじ》したことがある。これは紛《まぎ》れもなく、同じ妖気だ。

大妖《だいよう》だった。

「窮奇……！　なぜ…!?」

「ばかな！　水鏡《みずかがみ》の向こうの異界で、昌浩が討《う》ち果たしたはずだ！」

色を失う玄武の言葉に、漆黒の窮奇はにたりと嗤《わら》う。

『甦《よみがえ》ったのよ…。かの方士を嬲《なぶ》り殺すためになぁ…！』

窮奇は大きく翼を広げた。それを見た玄武は反射的にあたりを一瞥《いちべつ》する。

ここは都のただ中だ。もしこの大妖が暴れたら、凄《すさ》まじい被害《ひがい》が出る。

『我が狙《ねら》いはかの娘…、貴様らに用はないわ！』

怒号《どごう》とともに甚大《じんだい》な妖力が爆発する。同時に、玄武の通力が迸《ほとばし》った。

「く…っ」

自分たちを護るためではなく、漆黒の窮奇の妖力を閉じ込めるために障壁《しょうへき》を織り成す。

玄武の意図を読んだ朱雀は、その結界が完成する寸前、その中に飛び込んだ。

「朱雀⁉」

「玄武、晴明に報《しら》せろ！」

荒《あ》れ狂《くる》う妖気の中で仁王《におう》立ちになり、大剣を正眼に構える。

「騰蛇か青龍をここへ！　それまでは、俺が食い止める！」

玄武は瞠目《どうもく》した。波動の檻《おり》が震える。

窮奇は、あの騰蛇と六合が苦戦した相手なのだ。しかも、この漆黒の窮奇はあのときより妖力が増している。

「朱雀…っ！」

「早く！　……頼むぞ、そう長くは持たない」

はっと息を詰《つ》める玄武に、朱雀は肩越《かたご》しに一瞬《いっしゅん》だけ振り返る。その口元が、笑っていた。

玄武はぐっと拳《こぶし》を握《にぎ》り締《し》め、身を翻《ひるがえ》した。


黄昏《たそがれ》は逢魔《おうま》ヶ《が》時《とき》だ。

少しずつ暗くなっていく都を、彰子は必死で走っていた。

あの恐ろしい大妖に阻まれてしまったため、安倍邸《てい》とは逆方向に進んでいる。

彰子の手を引きながら、天一は歯噛《はが》みした。もし自分に天を翔《か》ける力があったなら、風に乗せて彰子を運び、安倍邸に、晴明の許《もと》に届けることができるのに。

「せめて、太陰《たいいん》か白虎《びゃっこ》が…」

もしくは、あの妖気を晴明が察知してくれることを切に願って、ふたりはあの場からできるだけ離《はな》れようと、がむしゃらに走った。

しばらくそうしていた天一は、異変に気づいて辺りを見回した。

彼女らの現在地はよくわからない。だが、西洞院《にしのとういん》大路から逸《そ》れてはいないはず。

逢魔ヶ時とはいえまだ完全に暮れきっていないのに、どうして人通りがまったくないのか。

はっと目を見開いて、天一は足を止めた。彼女に引かれるように走っていた彰子もそれに倣《なら》う。激しい呼吸を繰《く》り返しながら天一を見上げた彰子は、不安そうに瞬《まばた》きをした。

ひやりと、天一の肌《はだ》を刺《さ》すものがある。風の中に、悪《あ》しき気配がひそんでいる。

「しまった……」

結界に取り込まれている。

身をすくませる彰子をかばうようにしながら、天一は周囲の様子を窺《うかが》った。

「天一……」

青ざめる彰子に、天一は気丈《きじょう》に告げた。

「姫《ひめ》、姫の御身《おんみ》は、私がお守りいたします」

たとえ、この命を捨ててでも。

胸の奥でそうつづけたとき、羽ばたきが彼女らの耳朶《じだ》を打った。

冬は、夜の帳《とばり》が世界を覆《おお》うのが早い。既《すで》に紫色《むらさきいろ》に転じている空に、ふたつの影があった。

先ほどの窮奇と同様に闇をまとったその影は、彰子と天一めがけてまっすぐ降りてくる。

声もなくそれを凝視《ぎょうし》していた彰子は、瞠目して喘いだ。

「あれは…！」

まとっていた闇が剝《は》がれ落ちる。中から現れたのは、以前彰子をさらい貴船に連れ去った二羽《わ》の鳥妖《ちょうよう》だ。

『おお、娘。かようなところにおったのか』

『娘、今宵《こよい》こそ、その身を我らが主《あるじ》に捧《ささ》げるのだ』

口元を覆った指の間から、声にならない悲鳴がこぼれる。

天一は彰子を背にかばい、鶚と鵄を寄せつけない障壁を築いた。

飛来した鳥妖たちが弾《はじ》き飛ばされる。だが、空中で体勢を立て直した鶚と鵄は、天一の結界めがけて立てつづけに妖力を叩きつけてきた。

絶え間なく放たれる攻撃《こうげき》に、結界壁《へき》が大きくたわんで削《そ》がれていく。

「……っ、朱雀…！」

無意識にその名を唱えながら、天一は全霊《ぜんれい》を振《ふ》り絞《しぼ》った。鳥妖たちの羽ばたきが妖力の嵐《あらし》となって障壁を襲《おそ》う。繰り返されるごとに天一の面差《おもざ》しは苦痛に歪《ゆが》み、ついには片膝《かたひざ》をついた。

「天一！」

悲鳴のような彰子の声に、天一は懸命《けんめい》に応える。

「大丈夫《だいじょうぶ》です、まだ……」

だが、結界が破られるのはもはや時間の問題だった。

なんとかして、彰子だけでも逃《に》がさなければ。だが、どうやって。

ここは鳥妖たちが作り出した結界の中。ここから脱《だつ》するためには彼らの力を凌《しの》がなければならない。

度重《たびかさ》なる攻撃に、ついに天一の障壁に細かなひびが生じた。ぴしぴしと音を立てて広がっていく蜘蛛《くも》の巣にも似た亀裂《きれつ》から、激しい妖気が忍《しの》び込んでくる。

『これでしまいだ！』

鶚の宣言に、鵜の哄笑《こうしょう》が重なる。放たれた二羽の妖気が、障壁を粉砕《ふんさい》した。

衝撃が彰子と天一を襲う。

天一は彰子を抱《だ》きすくめるようにして衝撃からかばった。激しい妖気の奔流《ほんりゅう》が天一の背に叩きつけられる。

声にならない悲鳴を上げて、天一と彰子は撥《は》ね飛ばされた。

『鶚、鶚よ。やったぞ、ついに邪魔《じゃま》者を退けた』

『おお鵜よ。我らが主の許へ、娘《むすめ》を連れてゆこうぞ』

『我らの主の御為《おんため》に』

『新たな主の御為に』

満身創痍《まんしんそうい》の天一は、うっすらと瞼《まぶた》を開いて呟《つぶや》いた。

「……新たな…主…？」

鶚と鵜は窮奇の配下だったはずだ。

何か、別の脅威《きょうい》がこの地に降り立ったということなのか。

天一の腕《うで》の中で、彰子はかすかに身じろいだ。

「……う…」

神将が我が身を捨ててかばい通したおかげで、彰子には傷らしい傷もない。衝撃で目眩《めまい》がしただけだ。

「…姫…、ご無事…で…」

天一はほうと息をついた。だが、すぐさまその表情は苦悶《くもん》のそれに変わる。

「天一…！　ごめんなさい、私…」

泣きそうに顔を歪める彰子に、天一はかすかに首を振る。

「姫のせいではありません…」

天一は肘《ひじ》に力を込め、懸命に上体を起こした。

舞《ま》い降りた鳥妖たちが、じわじわと迫《せま》ってくる。

毅然《きぜん》と顔をあげ、両手を広げて妖《あやかし》たちを見据《みす》えた天一は、何度も深呼吸をした。

彰子だけは、守らなければ。でなければ、彰子を彼女たちに任せてくれた晴明に顔向けができない。

『どけ、神将』

『どくのだ、神将。無力、無力。滑稽《こっけい》なほどに無力な神将』

鳥妖たちが歌うようにさえずる。そして、両翼《りょうよく》を大きく広げた。

『とどめよ――――！』

天一は思わず目を閉じた。

その、刹那《せつな》。

瑠璃《るり》の器《うつわ》が砕《くだ》けるような音を立て、妖の作った結界が木《こ》っ端《ぱ》微塵《みじん》に破壊《はかい》された。

『なにぃ⁉』

愕然《がくぜん》とうめく鴉の傍《かたわ》らで、鵺が引き攣《つ》れた叫《さけ》びを上げる。

『貴様は…っ』

彰子はのろのろと視線をめぐらせた。

落ちる寸前の陽《ひ》を背景に、無数の影《かげ》がたたずんでいる。最後の逆光と夜に阻《はば》まれて、よく見えない。

緩慢《かんまん》な動作で振り返った天一は、くしゃくしゃに顔を歪めた。

「……ああ……」

影のひとつが、腰帯《こしおび》に差していたふた振《ふ》りの得物をすらりと引き抜《ぬ》く。

「……我が同胞《どうほう》と、姫になした所業の報《むく》い。その身で贖《あがな》ってもらおうか」

筆架叉《ひっかさ》の刀身が鋭《するど》くきらめき、凄絶《せいぜつ》に笑う十二神将勾陣の面差しを照らした。

5

筆架叉を構えた勾陣は、振り返らずに言った。

「太裳、天一と彰子姫を」

「はい」

頷《うなず》く太裳の隣《となり》で、烈火《れっか》のごとき怒《いか》りを隠《かく》さない天后が神気を立ち昇《のぼ》らせている。

「よくも、天一を……！」

掲《かか》げた両手の間から波濤《はとう》の渦《うず》が湧《わ》き起こり、鳥妖たちに向けて放たれた。

『小癪《こしやく》な！』

怒号《どごう》とともに鶚が翼《つばさ》を打つ。鳴号する鵄の全身から妖力が噴《ふ》きあがった。

地を蹴《け》った勾陣の痩軀《そうく》が、一瞬《いっしゅん》で鶚との間合いに滑《すべ》り込む。

『なにっ⁉』

驚愕《きょうがく》する鶚の片翼《かたよく》を、筆架叉の切っ先が叩《たた》き斬《き》る。

絶叫《ぜっきょう》してもんどりうつ鶚は、からくも体勢を立て直して挑《いど》みかかってきた。

鳴号とともに無数の羽が刃《やいば》のように放たれる。筆架叉を一閃《いっせん》させてそれをすべて薙《な》ぎ払《はら》い、迸《ほとばし》る神気を鳥妖に向け炸裂《さくれつ》させる。

一方、鵺と対峙《たいじ》する天后はいささか苦戦を強《し》いられていた。視界のすみで鶚と勾陣の戦闘《せんとう》を認め、くっと歯噛《はが》みする。

どうしても、力が足りない。このままでは勾陣の足を引っ張ってしまう。それだけではない。太裳は戦う術《すべ》を持たず、天一も同様で満身創痍なのだ。

『どうした、神将。その程度では我が翼に傷ひとつつけることもできぬぞ！』

嘲笑《ちようしよう》混じりの鳴号が轟《とどろ》く。天后はかっとなって叫んだ。

「黙《だま》りなさい！」

水の波動が鉾《ほこ》となって鵺を襲う。鵺はそれを無造作にかわすと、一気に間合いを詰《つ》めてきた。

鵺の爪《つめ》が天后の首と上体を捉《とら》え、そのまま押し倒《たお》す。

「…く…っ…！」

『弱い、弱いなぁ！　さあ、その目をえぐり、その首を食《は》んでくれようぞ！』

「天后！」

同胞の叫びに、天后は目だけをそちらに向けた。

「だめよ、勾陣……！」

気が散じれば隙《すき》が生まれる。異邦《いほう》の妖異《ようい》は強大な敵だ。以前よりもどうしてか力を増したこの鳥妖たちには、決して油断してはならない。

天后は全霊を振り絞り鵺の体軀《たいく》を撥ね飛ばすと、すぐさま身を起こした。

『おのれ…！』

「十二神将を舐《な》めてもらっては困るわ」

掲げた右手のひらに、水の波動が噴きあがった。

一方、太裳に抱き起こされた天一は、必死で言葉を継《つ》いだ。

「太裳…なぜ…」

「晴明様のお使いの帰りに、勾陣たちと遭遇《そうぐう》して」

激しい戦いを繰《く》り広げているふたりの同胞を一瞥《いちべつ》し、優《やさ》しい風貌《ふうぼう》の青年は穏《おだ》やかに答えた。

「そのまま帰途《きと》についていたところ、ふいに異様な気配を感じました。巧妙《こうみょう》に隠された妖気《ようき》を勾陣が探《さぐ》り当て、彼らの結界に私の結界をぶつけて相殺《そうさい》させたのです。……間に合ってよかった」

そうして太裳は、彰子にも微笑《ほほえ》みかける。

「姫《ひめ》、お怪我《けが》はありませんか？　もっとも、天一が身を賭《と》してお守りしたのですから、その心配も無用かもしれませんね」

不安げな彰子の視線に気づき、太裳は瞬《まばた》きをした。

「ああ、これは失礼を。私は十二神将太裳と申します。どうぞお見知りおきを」

戸惑《とまど》う彰子に微笑して、柔和《にゅうわ》な風貌の青年はふと顔をあげる。

「ああ、これは心強い」

え、と視線をめぐらせた彰子は、徐々《じょじょ》に深まる闇《やみ》の中に、もうひとつの人影《ひとかげ》が顕現《けんげん》したのを見出《みいだ》した。

よろめいた天后と翼を広げた鵺の間に滑《すべ》り込んだ青龍が、神気を爆発《ばくはつ》させる。

爆風から天一と彰子をかばいながら、太裳は少し眉《まゆ》を吊《つ》り上げた。

「もう少し、こちらにも心を配ってくださると助かるのですが…」

「うるさい！」

向けられた怒号に肩《かた》をすくめて、太裳は嘆息《たんそく》まじりにひとりごちる。

「ああいう物言いでは真意が伝わりにくいと前々から何度も言っているのに、一向に改まらないのが実に嘆《なげ》かわしい……。あとで翁《おきな》に報告しなければ」

この状況《じょうきょう》下であまり緊張感《きんちょうかん》のない台詞《せりふ》を並べる太裳を、彰子は茫然《ぼうぜん》と見ている。しかもどうやら太裳は、本心から嘆いているようだ。

苦痛に美貌《びぼう》を歪《ゆが》めながら、天一が静かに口を開いた。

「太裳…。そんなことよりも…」

「どうしました、天一」

「窮奇が…、あの窮奇が…」

太裳の面差《おもざ》しがさすがに強張《こわば》る。漆黒《しっこく》の鶚と鵺を一瞥し、緊迫《きんぱく》した語調で確認《かくにん》してきた。

「それは、確かですか」

天一は緩慢に頷く。

「朱雀が、いま……窮奇を、食い止めて……」

「わかりました。あとは我々に任せなさい」

それだけで諒解《りょうかい》し、頷く太裳を見上げて、天一は安堵《あんど》したように微笑んだ。そこで彼女は力尽《ちからつ》き、目を閉じてがくりとうなだれる。

「天一！」

色を失う彰子に、太裳は穏やかに伝えた。

「大丈夫《だいじょうぶ》ですよ。気がゆるんでしまったのでしょう。異界で少し静養すれば、すぐに回復しますから」

彰子は頷くしかできない。彼の言葉には、不思議と安心するような響《ひび》きがあった。

太裳は目を閉じた。

《――翁、天空《てんくう》の翁。翁よ、どうか返答を…》

玄武の作った波動の檻《おり》は、もはや崩壊《ほうかい》寸前だった。

無数の傷を負った朱雀は、気力で立っていた。

彼の眼前には、漆黒の大妖が立ちはだかっている。

うっすらと笑って、朱雀は目をすがめた。

「くそ…っ、さすがに手強《てごわ》い」

いくら攻撃《こうげき》を仕掛《しか》けても、凄《すさ》まじい妖気が形なき鎧《よろい》となって弾《はじ》かれてしまう。

「昌浩と騰蛇と六合が束になっても苦戦したわけだ。これでは…」

ふいに、首の辺りに冷たいものが滑り落ちるのを感じた。

はっと走らせた視界に、瞬時《しゅんじ》に間合いを詰めた大妖窮奇の爪が掠《かす》める。

『喰《く》ろうてやるわ――――!』

半瞬遅《おく》れて雄叫《おたけ》びが鼓膜《こまく》に突《つ》き刺《さ》さる。朱雀の胸の奥が冷えた。よけきれない。

反射的に身を引くが、窮奇の爪は的確に朱雀の喉《のど》を捉えている。風の唸《うな》りがやけに近く、ぎらぎらとかがやく異形の眼光だけがいやに鮮明《せんめい》に映った。

無事ではすまない。

本能がそれを覚悟《かくご》した刹那《せつな》、鋭利《えいり》な声が轟いた。

「――――禁!」

朱雀と窮奇を阻《はば》むように描《えが》かれた五芒星《ごぼうせい》が、凄絶《せいぜつ》な輝《かがや》きを放つ。

同時に迸った甚大《じんだい》な霊力《れいりょく》が、漆黒の大妖を吹《ふ》き飛ばした。

『ぐぉぁぁぁぁぁ…っ！』

もんどりうってうめく窮奇から視線を逸《そ》らさぬまま、朱雀は片膝《かたひざ》をつく。大剣《たいけん》を支えにしながら、我知らず息を吐《は》き出した。

「……っ、晴明…」

離魂《りこん》術を用いて年若い姿を取った晴明は、剣呑《けんのん》に窮奇を睥睨《へいげい》した。そんな彼を見て、朱雀はほっとした風情《ふぜい》で笑う。

「玄武が戻《もど》ったのか」

「ああ。いまは、本体を任せている。彰子様と天一の許《もと》には青龍を向かわせた、案ずるな」

「よかった…」

本心から呟《つぶや》いて、朱雀はそのまま両膝をついてしまった。

晴明が眉を寄せる。

「朱雀⁉」

なんでもないと言うように手を振《ふ》って、朱雀は膝に力をこめる。

「少しほっとしただけだ。大した傷じゃない。それより……」

窮奇を睨《にら》んだまま、朱雀は唸るように言った。

「これはどういうことだ？　窮奇は確かに昌浩が倒《たお》したはずだ」

「ああ」

緊迫した面持《おもも》ちで頷《うなず》いたとき、窮奇がやおら翼《つばさ》を広げた。妖《あやかし》の双眸《そうぼう》が、彼方《かなた》を見はるかす。

『方士…、方士ぃぃぃぃ！』

猛《たけ》り狂《くる》った窮奇はそのまま飛翔《ひしょう》しようと両翼《りょうよく》を羽ばたかせる。浮《う》き上がった窮奇の全身から妖気《ようき》が迸《ほとばし》った。

「しまった…！」

妖気の竜巻《たつまき》に巻かれた晴明と朱雀はなす術《すべ》がない。

『見つけたぞ方士――――！』

怒号《どごう》が轟《とどろ》き、大妖は彼方に向けて翼を打つ。

その身体《からだ》が、ふいに拘束《こうそく》されたかに見えた。

竜巻の唸りにも掻《か》き消されない厳《おごそ》かな声音《こわね》が、晴明と朱雀の耳朶《じだ》に突き刺さる。

《逃《のが》さぬぞ、大妖よ》

腕《うで》をかざして顔をかばっていた晴明は、片手の隙間《すきま》から窮奇の様子を窺《うかが》った。

晴明と同じようにして片目だけを開けている朱雀が、不可視の網《あみ》に搦《から》めとられた窮奇と、その近くに顕現しているはずの影《かげ》を捜《さが》す。だが、隠形《おんぎょう》したままであるらしく、その姿を認めることはできなかった。

『放せぇぇぇ！　放せぇぇぇぇ！』

どれほどもがいても、大妖を捕縛《ほばく》した神気の網はびくともしない。

「天空、そのままだ！」

朱雀は残る力を振り絞《しぼ》って大剣を振り上げた。

「でやぁっ！」

気合いもろとも地を蹴《け》り、拘束された窮奇の脊柱《せきちゅう》に大剣の切っ先を渾身《こんしん》の力で突き立てる。

『ぎぃやぁぁぁぁっ！』

断末魔《だんまつま》の絶叫《ぜっきょう》が轟き、最期《さいご》の妖気が爆発した。

「…っ、く…っ！」

衝撃《しょうげき》に吹き飛ばされて転げる朱雀をからくも受け止めた晴明は、しかしそのまま一緒《いっしょ》に地を滑る。

朱雀とともに砂まみれになった晴明は、呼吸を整えながらのろのろと立ち上がる。朱雀も、喘《あえ》ぐように息を継《つ》ぎながら、力の入らない膝を押して身を起こした。

大妖窮奇を拘束していた神気の網が、音もなく消えたのがわかった。

《晴明よ、とどめを》

十二神将天空の、腹の底に響くような重々しい声が耳の奥に届く。

晴明は窮奇の近くに足を進めた。接近してくる人間をひたと見据《みす》え、びくびくと震《ふる》えていた大妖は、ふいににたりと嗤《わら》った。

「…っ」

はっと息を呑《の》む晴明を凝視《ぎょうし》し、漆黒の窮奇は轟くように言い放った。

『…方士と…娘《むすめ》は、…もらうぞ……』

「戯《ざ》れ言を」

ぴしゃりと言ってのけ、晴明は印を組んだ。凄烈《せいれつ》な霊力が、印を中心に放たれる。窮奇は動じた様子もなくつづけた。

『遅《おそ》い、もう遅い。……哀《あわ》れな方士、愚《おろ》かな方士…。おとなしく…我にその身を…捧《ささ》げていればよかった…のだ……』

死の鎖《くさり》に囚《とら》われながら、それでもたまらなく愉快《ゆかい》だとでも言わんばかりに、窮奇はくつくつと喉の奥で笑った。

『…方士も、貴様も…。その…小癪《こしゃく》な十二神将と…やらも…。じきに…終わりを迎《むか》えるのだ……。彼奴《きゃつ》が……貴様たちを……』

窮奇を見据える晴明の目許《めもと》に険が宿る。

「なに…？」

『……残念だよ…、方士…。貴様のその……顔が…恐怖《きょうふ》に歪《ゆが》む様が見られぬ……、絶望に震える様が……見られぬ……とは……』

窮奇は、目の前にいる晴明を見ているのではなかった。この場にはいない昌浩に向けて、呪《のろ》うような言霊《ことだま》を吐き出しているのだ。

嫌悪《けんお》をあらわにして、朱雀が顔をしかめた。

「…なんというおぞましさだ。言霊のひとつひとつがこれほどの強さを持つなど、滅多《めった》にないぞ、晴明」

青年は剣呑に頷くと、ついと目を閉じた。

「――電灼光華《でんしゃくこうか》」

晴れ渡《わた》る夜空に、一条の稲妻《いなずま》がひらめく。

「急々如律令《きゅうきゅうじょりつりょう》！」

朱雀の大剣に叩《たた》き落とされた稲妻が、その剣身《けんしん》を滑《すべ》り漆黒《しっこく》の大妖を貫《つらぬ》く。

白銀の閃光《せんこう》に包まれた化け物は、雷《いかずち》に灼《や》かれて崩《くず》れ落ちた。

崩れ落ちた窮奇の身体、その僅《わず》かな残滓《ざんし》が風に砕《くだ》かれて飛散し消えるまで、晴明と朱雀はその場を動かなかった。

《朱雀、これはなんとしたことか》

低く問いただす天空に、朱雀は頭《かぶり》を振る。地に転がっていた大剣を拾い上げ、剣身の曇《くも》りを不機嫌《ふきげん》そうに睨む。手の甲《こう》で拭《ぬぐ》うと、その場所だけ曇りが消えた。

「俺にもわからない……。突然《とつぜん》現れて…」

言いかけた朱雀が瞠目《どうもく》する。そのまま声もなく身を翻《ひるがえ》した朱雀は、均衡《きんこう》を崩してよろめいた。

くずおれそうな我が身を、大剣を杖《つえ》に支える。

「朱雀、待て」

　のばされた晴明の手を振り払《はら》い、朱雀は血相を変える。

「天貴…！　天貴の許へ行かなければ…！」

　一刻も早く愛《いと》しいひとの許へ馳《は》せ参じ、彼女の不安を取り除いてやらなければ。窮奇と対峙《たいじ》した自分の安否を、天一は必ず気にかけている。

　しかし、窮奇との戦いで神気を著《いちじる》しく消耗《しょうもう》している朱雀は、数歩も進まないうちにがくりと膝をつく。

　晴明は朱雀の腕を摑《つか》むと自分の肩《かた》に回した。

「ばかもの。こういうときくらい、力を貸せと言え」

「晴明…」

　顔をしかめる朱雀に、晴明はひとつ頷く。

　そのまま視線を滑らせて隠形しているはずの天空を捜した。

　だが、神気がまるで摑めない。

　しばらくそうしていた晴明は、小さく嘆息《たんそく》した。

「……異界から、神気のみを届けてきたのか」

　天空の結界能力は、神将中もっとも強大なのだ。その場にいなくとも、かの大妖《だいよう》窮奇を僅かの間ならば拘束できるほどに。

「でなければ、あの紅蓮を捕《と》らえることなど無理か」

十二神将最強にして最凶の苛烈《さいきょうかれつ》な神気を拘束できる、唯一《ゆいいつ》の神将だ。だがそれも永続的なものではない。

他《ほか》の神将と紅蓮、絶対的な通力の差がそこにある。

《左様》

青年の呟《つぶや》きに、異界に留《とど》まる天空が短く応《こた》える。自分よりも長身の神将に肩を貸した晴明は、軽く息をつくと、眉《まゆ》をひそめた。

窮奇の遺《のこ》した唸《うな》りが、小さな棘《とげ》のように胸の奥に刺《さ》さっている。

――彼奴が……貴様たちを……

「彼奴…とは……」

漆黒の姿になり甦《よみがえ》った異邦《いほう》の妖異《ようい》窮奇。奴が最期に言わんとしていたのは、いったい誰のことだったのだろうか。


夜の迫《せま》った空から、それを見下ろしている影があった。

巧妙《こうみょう》に闇《やみ》をまとった存在に、晴明も朱雀も気づかない。完全に気配を断《た》っているのだ。

「……現れなかったか…」

悔《くや》しげに唸る声が風にとけて消える。

ふいに、かすかな羽ばたきがした。

「どうした、越影」

視線を向けると、越影はわき目も振《ふ》らずに飛翔《ひしょう》していく。

「いったい……、まさか、踰輝か？」

はっとして翻羽も翼《つばさ》を打つ。

夜の支配していく空を駆《か》けながら、翻羽は目を閉じた。

「踰輝…、踰輝、お前を今度こそ、救い出してみせる…！」

手がかりは、お前が愛したあの香《こう》だけだ。お前はきっと、俺が贈《おく》ったあの香に心を寄せるはず。

「守ると、誓《ちか》ったはずだったのに……」

最後に聞いたあの悲鳴が、いまも脳裏《のうり》に突《つ》き刺さったまま消えない。

臆病《おくびょう》で、寂《さび》しがり屋で、いつも俺たちの後ろに隠《かく》れるようにしていたお前を、あの恐《おそ》ろしい大妖が連れ去った。

「……必ず…っ！」

違《たが》えないと誓ったあの約束のとおりに、今度こそお前を、お前の心を、護《まも》るのだ。

◆　◆　◆

目を閉じていた男は、ついと顔をあげて息をついた。
『……やはり、敗者は敗者のままでしたか…』
男の背後で、影《かげ》が蠢《うごめ》く。
『───鳴蛇《めいだ》よ』
男は身を翻すと、うやうやしく片膝《かたひざ》をついた。
『はっ』
闇をまとった影の中で、双眸《そうぼう》が燃え上がる。
『かの方士。そして、彼奴の狙《ねら》った娘《むすめ》……』
残忍《ざんにん》な笑《え》みがその声ににじんでいるのを感じ、鳴蛇は厳《おごそ》かに応えた。
『お任せを。我が主《あるじ》』

太裳の手を借りて立ち上がった彰子は、鳥妖と神将たちの戦いをこわごわと見つめた。以前、遠縁《とおえん》の藤原圭子《けいこ》をそそのかした異邦の妖異たちだ。その力は強大で、昌浩たちは苦戦したはずだ。

◆　◆　◆

いまも、勾陣と青龍、天后の三人が応戦しているが、戦況《せんきょう》は拮抗《きっこう》しているようだった。

天一を横抱《よこだ》きにした太裳は、鳥妖と対峙している同胞《どうほう》たちを一瞥《いちべつ》する。

「このままでは、近隣《きんりん》に被害《ひがい》が及《およ》びますか…。仕方がない」

ぐったりと意識を失っている天一に、静かに告げる。

「天一、つらいでしょうが、もう少し待っていてくださいね。——彰子姫」

瞬《まばた》きをする彰子を振り返り、腕《うで》に抱いた天一をそっと降ろしながら太裳は言った。

「申し訳ありませんが、僅《わず》かの間だけ彼女をお願いします」

「え…？」

わけがわからないまま彰子は膝をつき、天一の上体を支える。太裳は静かに微笑《ほほえ》んだ。

「ああ、そんな不安げな顔をされる必要はありません。勾陣たちのお手伝いをするだけです」

念のため周囲を見渡《みわた》し、危険な気配がないかどうかを確認《かくにん》する。いまのところ、鳥妖たち以外の妖気は感じられない。

片膝をついて地表に右手を置いた太裳は、左手で袂《たもと》を押さえながら声を上げた。

「勾陣、青龍、天后」

三対の目が太裳に向けられる。青年は生真面目《きまじめ》な表情でつづけた。

「人間たちに見られるのもことなので、あなた方もろとも妖異を結界で封《ふう》じます。頑張《がんば》ってください」

さらりと告げられた内容は、なかなかに壮絶《そうぜつ》だった。

「厄介《やっかい》ごとをすべて押しつけるつもりか、お前は…！」

剣呑《けんのん》な顔で低く唸る青龍に、太裳はいえいえと首を振る。

「このままでは、あなたも全力を出し切れないでしょう。ましてや勾陣は…」

青龍が不機嫌《ふきげん》そうに手を振る。勝手にしろということだ。天后に目を向けると、緊迫《きんぱく》した視線が是《ぜ》と伝えていた。

「では」

太裳の全身から神気が迸《ほとばし》る。彼を源に涼《すず》やかな風が四方に広がっていくようだった。

天一を支える彰子の髪《かみ》が大きく揺《ゆ》れる。視界のすみにそれを見て、被《かず》いていたはずの衣《ころも》がなくなっていることにようやく気がついた。逃《に》げている最中《さなか》にどこかに落としてしまったのだろう。あれは露樹のものなのに、なんと詫《わ》びればいいのだろうか。

そんなことを思っていた彰子の背後に、一陣《いちじん》の風が舞《ま》い降りた。

反射的に振り返った彼女は、黒い闇をまとった影を見た。夜よりも暗い。

その形が、見る間に変化した。闇をまとっていても獣《けもの》だとわかるその形が、人間のそれに転じていく。

彰子は息を呑《の》んだ。人の姿に変わった異形は、彰子がどこかでなくしたはずの衣を持っていたのだ。

妖《あやかし》を覆《おお》っていた闇がとける。その中から現れたのは、十二神将の六合や青龍たちと同じくらいの年齢《ねんれい》に見える青年だった。

その身にまとうのは、異国の衣装だ。太裳のまとう衣も異国風だが、妖のそれは丈《たけ》が短く袖《そで》の形も変わっている。腰《こし》よりも長い髪《かみ》はまっすぐでくせがない。目許《めもと》にかかる前髪は不ぞろいで、顔の半分を隠してしまっていた。双眸は深く、胸をつくような光を宿していた。

魅入《みい》られたように動けない彰子に、妖は一歩一歩確かめるような足取りで近づいてくる。

やがて、神将たちのように長身の青年は、彰子に視線を合わせるように片膝をつき、手をのばしてきた。

「……踰輝…？」

動けない彰子の頰《ほお》に妖の手が触《ふ》れる寸前、波濤《はとう》の鉾《ほこ》が唸《うな》りを上げて放たれた。

「姫！」

我に返った彰子は肩越《かたご》しに視線を向ける。

異変に気づいた天后が、太裳の織り成す結界が閉じる寸前にそこから飛び出し、彰子と異形の間に滑《すべ》り込んできた。

息を弾《はず》ませながら立ちはだかる天后を、妖は剣呑に睨《にら》む。

「そこをどけ…！」

唸る異形に、天后は毅《き》然《ぜん》と対峙《たいじ》した。

「姫と天一には指一本触れさせないわ。……、お前は…っ⁉」

ふいに眉《まゆ》を寄せた天后が、絶句して瞠目《どうもく》する。彼女の反応に、異形は訝《いぶか》っているようだった。

「この妖気《ようき》…、参議の邸《やしき》に現れたのは、お前ね⁉」

妖は息を詰《つ》める。その胸元《むなもと》に、天后は波濤の渦《うず》を叩《たた》き込む。突然《とつぜん》の攻撃《こうげき》に虚《きょ》をつかれた青年は、それでもかろうじて天后の攻撃を回避《かいひ》し、後方に大きく跳《と》び退《すさ》った。

青年の手から衣がはらりと滑り落ちる。

「逃がさない！」

続けざまに波濤の鉾を放つ天后と少しずつ距離《きょり》をとりながら、青年はしきりに彰子の様子を窺《うかが》っているように見えた。攻撃をかわしながら、目は常に彰子を追っているのだ。

怪訝《けげん》に眉を寄せる彰子の許に、結界を張り終えた太裳が血相を変えて駆《か》け寄ってくる。

「姫、お怪我《けが》は⁉」

「大丈夫《だいじょうぶ》…、なんともないわ」

彼女の申告だけでは信じるに足らないという風情《ふぜい》で、太裳はじっと見つめてくる。

「……確かに…何事もなかったようですが……。申し訳ありません……」

うなだれる太裳に、彰子は慌《あわ》てて首を振《ふ》る。

「太裳、そんな…」

「いいえ。もっと周囲に気を配っておくべきだった。お傍《そば》を離《はな》れるべきではなかったのです。

天后が動いてくれなければ、どうなっていたか……」

太裳はそのまま、彼の印象には似つかわしくないほど険しい目をして異形を追った。

妖はしばらく天后と対峙していたが、不利を悟《さと》ったのか身を翻《ひるがえ》した。水の波動がその背を襲《おそ》う。青年は体を低くしてそれをよけると、地を蹴《け》った。

彰子は目を瞠《みは》った。

青年の姿が、異形のそれに転じる。

犬のような四肢《しし》、背に翼《つばさ》を具《そな》えた姿。大きさは馬ほどで、全身が漆黒《しっこく》。

「あれは……」

異形は天を駆け、そのまま暮れきった夜の闇《やみ》に姿をくらませる。

天后は悔《くや》しげに唸った。

「太陰か白虎がいれば…！」

風を操《あやつ》る神将たちがいてくれれば追跡《ついせき》もできたのだが、それもかなわない。

彼女は諦《あきら》めたようにひとつ頭《かぶり》を振ると、彰子を振り返った。

「姫、お怪我は」

彰子は淡《あわ》く笑った。大丈夫よと返すと、ずっと険を帯びていた天后の面差《おもざ》しがふっと柔《やわ》らかくなる。翠《みどり》の双眸が案じるように揺れるのが見えて、彰子はもう一度言った。

「本当に、どこも痛くないから」

「それなら、良いのですが……」

天后がほうと息をつく。そうして彼女は、意識のない天一を痛ましげに見つめた。

異形の落とした衣を拾い上げた太裳は、注意深く辺りを見渡しながら口を開く。

「お邸に戻《もど》りましょう。鳥妖たちは青龍たちが片づけてくれるはずですが、いつ新手が現れないとも限りません」

衣を天后に渡し、天一を抱《かか》えた太裳がそのまま隠形《おんぎょう》する。彰子を立たせてくれた天后は、顕《けん》現《げん》したまま同行してくれるつもりのようだった。

「天一は……」

顔を歪《ゆが》める彰子に、天后は薄《うす》い笑《え》みを返す。

「姫をお守りできて、誇《ほこ》りに思っているでしょう。この程度の傷で命が危《あや》うくなることなどありません」

《天后の言うとおりですよ、姫》

隠形している太裳の声は、どこまでも穏《おだ》やかで落ち着いている。

ふたりの言葉にようやく安堵《あんど》した彰子は、天后が汚《よご》れを払《はら》ってくれた衣を被いて踵《きびす》を返す。

まとった衣装は砂まみれで、ほころびや裂《さ》け目ができていないことだけが幸いだった。

「……朱雀と玄武は……」

そして、あの恐《おそ》ろしい大妖は。

彰子の胸を冥《くら》い不安が締《し》めつける。

《大丈夫ですよ、姫。先ほど窮奇を討《う》ち果たしたと、翁《おきな》が報《しら》せてくださいましたから。朱雀と玄武も大事ない、とのこと》

姿の見えない太裳の言葉に、彰子はほうと息をつく。

ふと、衣の合わせに忍《しの》ばせている匂《にお》い袋《ぶくろ》の、かすかな伽羅《きゃら》の香《かお》りが鼻先をくすぐった。昌浩とお揃《そろ》いの、破邪退魔《はじゃたいま》の香《こう》だ。

衣の上からそれにそっと手を当てて、早鐘《はやがね》を打つ鼓動《こどう》をなだめる。

——……踰輝……

彰子はふいに瞬《まばた》きをして、肩越しに顧《かえり》みた。

「姫？」

「………うぅん、なんでもないの…」

人間に転じたあの異形。くせのない不揃《ふぞろ》いの前髪の奥にあった双眸《そうぼう》。深い哀《かな》しみをたたえていたように見えたのは、自分の思い過ごしだろうか。

6

壬生《みぶ》大路に出た昌浩は、大内裏《だいだいり》に向けて足早に北上していた。

修祓《しゅばつ》を行ったのちに結界を張り、六合を残してあるとはいえ、安心はできない。結界術に長《た》けた神将の誰かをつかわしてもらったほうがいい。

「……そうだ。もっくん、俺このまま父上たちに報告しに行くから、じい様に報せて玄武か天一を兄上のところにやってくれって伝えてよ」

昌浩と並んで早歩きをしていた物《もの》の怪《け》は、文字通り目を剝《む》いた。

「あのなぁ。俺がいない状況《じょうきょう》で異邦《いほう》の妖異《ようい》どもがもし襲ってきたらどうするんだ」

「なんとかなるよ。……たぶん」

自信はあまりないのだが、まぁ死なないことを最終目標にすれば、きっと。

昌浩の肩《かた》にひょいと跳《と》び上がり、物の怪は額を押さえた。

「たぶん、てな…。こんな危うい状況でお前をひとりにできるか」

「出てこないかもしれないよ」

昌浩の反論に、物の怪の夕焼けの瞳《ひとみ》がきらりと光る。

「猿狙だけじゃない、蛮蛮だって取り逃《に》がしたままなんだ。いついかなることがあるかわからん以上、別行動は絶対にできない」

昌浩は唇《くちびる》を引き結んだ。心配性《しょう》だと言いたいが、物の怪のこれは必要最低限の警戒《けいかい》なのだ。それくらい昌浩とてわかっている。

ただ、時が惜《お》しい。こうしている間にも、成親のところに異邦の妖異が出現しないとも限らないではないか。

「六合がついてるんだ、もっとあいつを信用しろよ」

「してるよ。信用もしてるし、信頼《しんらい》もしてる。でも、やっぱり心配なんだ」

家族は、ずっといるものだと思っていた。だが、何かの拍子《ひょうし》にいなくなってしまうことだって、あるのだ。当たり前のように思っていたことが、本当は当たり前でもなんでもなくて、奇《き》蹟《せき》のような幸せの積み重ねなのだと、昌浩は思い知った。

「どうしてか異邦の妖異が甦《よみがえ》ってる。……奴《やつ》らの狙《ねら》いは、もしかしたら、て…」

それ以上ははばかられて、昌浩は口を閉《と》ざした。それでも、何を言わんとしていたのか、物の怪にはわかった。

あの二匹《ひき》だけなのか。もしや、かの大妖までもが、と。物の怪とて、それは考えている。

「思うんだ。昨夜、どうして彰子は俺の部屋にきたんだろう。ほんとは何か、言いたいことがあったんじゃないかって……」

よくよく考えてみれば、今朝もずっと物言いたげにしていたような気がする。

「なのに俺、時間がないから帰ったら聞こう、て…」

昨夜見た彰子の寝顔《ねがお》を思い出す。

星が動かなければ、もう手の届かない場所に行ってしまったはずの少女。それが、日々の中で当たり前のように近くにいて、言葉を交《か》わして、笑ってくれる。

たった一枚の御簾《みす》に隔《へだ》てられ、二度と見《まみ》えることの許されないはずだった、星のさだめ。

それは本当にかなわぬ想《おも》いで、届くはずのない願いだったのだ。

いつも首から下げている匂い袋を、衣《ころも》の上から押さえるようにする。

昌浩は幾《いく》つもの約束を持っている。それと同じくらい大切な誓《ちか》いを、胸の中に刻んでいる。

護《まも》る。彼女がいつも幸せでいられるように。その心が曇《くも》らないように。

そうしてできるなら、怖《こわ》い夢を見ることもないように、その眠《ねむ》りまで護れればいいのに。

昌浩の横顔を見ていた物の怪は、尻尾《しっぽ》を振《ふ》って胸の中で呟《つぶや》いた。

本当にこいつは、奥手なくせにこころざしだけは突《つ》き抜《ぬ》けてるんだよなぁ。

命も、心も、存在も、彼女の抱《いだ》く夢までも。丸ごと護るなど、生半《なまなか》な覚悟《かくご》ではいえない。

そして、たとえ思っていたとしても、それを貫《つらぬ》き通すことは凄《すさ》まじく困難だ。

「……やれやれ」

首の辺りをわしゃわしゃと掻《か》いて、物の怪はこっそり苦笑《くしょう》した。

だからやっぱり、ついてて力を貸してやらないとなぁ。

足早に大内裏に向かう昌浩の横顔は、胸の奥にいつも秘《ひ》めている決意を新たにしたものだ。

そうやって、いつもいつもあの少女のために、この子は一足飛びに成長していくのだ。急ぎすぎていると感じるほど早く。

いつまでも子ども扱《あつか》いはしていられないか。

自分の考えも改めなければなるまいよと、父親のような心境で感じ入っていた物の怪に、昌浩は真剣《しんけん》な面持《おもも》ちで口を開いた。

「……もっくん」

「ん？」

「やっぱり、時間がもったいないから、もっくんだけじい様のところに行こうよ」

「……俺の話をちゃんと聞いてなかったのかよ」

「聞いてたけど、やっぱりさぁ。大丈夫《だいじょうぶ》だと思うしさぁ」

「思うじゃ話にならんわ！　目先ばっかり考えるんじゃないっ！」

前言撤回《てっかい》。理性に感情が勝つ時点でまだまだ子どもで半人前だ。危なっかしくて仕方がない。

北方をびしっと指差して、物の怪はくわっと牙《きば》を剝いた。

「俺もお前も行く先は陰陽寮《おんみょうりょう》の吉昌のとこだ！　報告の義務があるんだから、急げ！」

昌浩は口をへの字に曲げたが、敗色濃厚《のうこう》なので口に出しては何も言わなかった。

四条から大内裏はそれなりに距離《きより》がある。結界を張ったりなんだりで成親のところに少し長居をしたこともあって、陽《ひ》が傾《かたむ》いてきた。

冬の半ばなので陽が落ちてくると気温もぐっと下がる。着込んではいるが、肌《はだ》を刺《さ》す寒気の鋭《するど》さはさすがにこたえるものがあった。

「風が冷たくなってきたな。……っ」

ふいに物の怪の全身が緊張《きんちょう》した。逆立つ白い毛並みがざわっと音を立てたように感じられた。

同時に、昌浩の背筋を氷塊《ひょうかい》が滑《すべ》り落ちた。鼓動が跳《は》ね上がり、我知らず足を止める。

物の怪がぴりぴりしているのがわかる。注意深く辺りを見回した昌浩は、先ほどまであったはずの人通りがまったくなくなっていることに気がついた。

逢魔《おうま》ヶ《が》時《とき》だ。無人の大路は、ときに異形の世界と交差する。

ひやりとしたものが頬《ほお》を撫《な》でる。風が、奇妙《きみょう》にねっとりと絡《から》みついてくるようだ。

「……何か、くる」

それは、陰陽師《おんみょうじ》の直感だ。

昌浩の肩から飛び降りた物の怪は、剣呑《けんのん》に前を睨《にら》んだ。あるはずの建物が見えない。空気が陽炎《かげろう》のようにゆらゆらと蠢《うごめ》いて、黄昏《たそがれ》の光が奇妙に歪《ゆが》む。

息を殺して辺りの様子を窺《うかが》っていた昌浩の耳に、犬の遠吠《とおぼ》えが聞こえた。

水を通したように震《ふる》える遠吠えが、長く長く響《ひび》く。

昌浩は、それに聞き覚えがあった。異邦の妖異の、声だ。

ざわざわと波打つように、風が揺《ゆ》らめきはじめた。靄《もや》のような闇《やみ》が流れてくる。その向こうに、漆黒《しっこく》の異形が立ち上がる様が見えた。

「蛮蛮…！」

ふいに、物の怪が身を翻《ひるがえ》した。

「もっくん⁉」

思わず振り返る視線の先に、牛が立ちはだかっている。四つの角、蓑《みの》を広げたようなあら毛。白かったはずのその身は闇をとかし込んだように黒く、双眸《そうぼう》だけが爛々《らんらん》と輝《かがや》いていた。

「やはり…猶狙か…！」

低く唸った物の怪の額の模様が、うっすらと燐光《りんこう》を放つ。

昌浩も物の怪も忘れていない。蛮蛮も猶狙も、凄まじい妖力を持つ異邦の化け物だ。一頭だけでも苦戦したのが、二頭揃《そろ》っている。

「……くそっ、六合を…」

最後まで言わなかったのは、いまさら詮無《せんな》いことだとわかっているからにほかならない。

じわじわと、蛮蛮と猶狙が距離を詰《つ》めてくる。

物の怪の全身から緋色《ひいろ》の闘気が立ち昇《のぼ》り、瞬《また》きひとつで長身の体躯《たいく》が出現した。

背中合わせで異形と対峙《たいじ》していたふたりは、さらなる妖力が彼方《かなた》に出現したことを察して息を呑《の》んだ。

「何…っ！」

さしもの紅蓮も絶句する。昌浩は引き攣《つ》れたような声でうめいた。

「この、妖気《ようき》…っ、窮奇…⁉」

蛮蛮と獓狪が、にたりと嗤《わら》った。

『方士…、いまこそ、積年の恨《うら》みを…！』

『貴様の肉を、血を、我らが主《あるじ》に献上《けんじょう》するのだ…！』

昌浩のうなじを戦慄《せんりつ》が駆けあがる。窮奇が復活したのならば、彼らの目的はそれに尽《つ》きるだろう。

昌浩と彰子。窮奇はふたりを欲《ほっ》している。

あの水鏡《みずかがみ》の向こうの世界で、昌浩は窮奇の甘言《かんげん》を撥《は》ね除《の》けた。そうして、全力と全霊《ぜんれい》を振り絞《しぼ》り、命がけで倒《たお》したのだ。

拳《こぶし》を握《にぎ》り締《し》めて昌浩はうめいた。

「どうして、こいつらが…！」

『知りたいか、方士』

蛮蛮の眼《め》が怪《あや》しく光る。

『知りたいだろう、方士』

猰狪の唸《うな》りが蛮蛮の声音《こわね》にかかり、奇妙に反響《はんきょう》した。水を通したような響き。不確かで、とらえどころがないように感じられる声。

紅蓮の手から真紅の炎蛇《えんじゃ》がのびあがる。熱風が頬を叩《たた》き、昌浩は気を引き締めた。印を組み、蛮蛮を見据《みす》える。

「オン、アビラウンキャン、シャラクタン…！」

「食《く》らえ！」

怒号《どごう》とともに放たれた炎蛇が猰狪に向かっていく。漆黒の牛妖はそれを絶妙《ぜつみょう》にかいくぐると、雄叫《おたけ》びを上げながら突進《とっしん》してきた。

紅蓮は、串刺《くしざ》しにせんと突き出された角を摑《つか》み、猰狪の突進を力で阻《はば》む。衝撃《しょうげき》が振動《しんどう》となって地を揺るがし、昌浩は僅《わず》かによろめいた。その隙《すき》を見逃《みのが》さず、蛮蛮が飛び掛《か》かってくる。

「禁！」

霊力《れいりょく》の壁《かべ》が蛮蛮を弾《はじ》き飛ばす。同時に紅蓮は、角を摑んだまま猰狪を振り回し、投げ飛ばした。

漆黒のあら毛が地を滑る。あがった砂煙《すなけむり》で猰狪の姿が見えなくなった。

その砂塵《さじん》を突っ切るように、漆黒のあら毛を広げた妖《あやかし》が躍《おど》り出る。咆哮《ほうこう》とともに凄まじい妖気の奔流《ほんりゅう》が叩きつけられ、紅蓮の四肢《しし》を切り裂《さ》いた。

「く…っ！」

灼熱《しやくねつ》の闘気が迸《ほとばし》る。金色《こんじき》の双眸が怒《いか》りできらめき、烈《はげ》しさを増した神気が炎《ほのお》に変わる。

立ち昇った真紅《しんく》の蛇《へび》が瞬く間に色を変え、白炎《びやくえん》の龍《りゆう》となって大きくあぎとを開いた。

龍の咆哮が木霊《こだま》する。猶狽の放つ力が爆裂《ばくれつ》を引き起こし、白炎の龍を真っ向から迎《むか》え撃《う》つ。

激しい衝撃が嵐《あらし》のように広がっていく。

一方、昌浩は素早《すばや》い蛮蛮の動きを摑みきれず、どうしても後手に回っていた。かろうじて応戦しているが、無傷ではいられない。動きにくい直衣《のうし》姿であることを心底呪《のろ》いながら、接近戦だけはなんとか回避《かいひ》していた。

動きを封《ふう》じなければ。

印を組んだ昌浩の頰が、放たれた風圧で裂かれる。ぱっと散った赤い霧《きり》が視界のすみに見えた。蛮蛮の狙《ねら》いがもう少し下だったら、頸動脈《けいどうみやく》が裂かれていた。それに慄然《りつぜん》とする。

昌浩は歯嚙《はが》みした。

こんなところで足止めを食っている暇《ひま》はない。あの窮奇が現れたのだ。窮奇の狙いは当代一の見鬼《けんき》である彰子。彼女の身に危険が迫《せま》っている。一刻も早くこの妖異たちを倒し、彰子の許《もと》へ駆《か》けつけなければ。

「くそ…っ！」

護《まも》ると決めた。生涯《しようがい》かけて護ると。あの子の平穏《へいおん》と幸せを。だから。

空に五芒《ごぼう》を描《えが》き、昌浩は叫《さけ》んだ。

「封禁!」

光を放つ五芒が蚕蚕にのしかかるようにして拘束《こうそく》する。

「やったか! …なにっ⁉」

だがそれは、一拍《いっぱく》のちに粉砕《ふんさい》された。

身動きできず憎悪《ぞうお》に満ちた咆哮が轟《とどろ》く中で、別の妖気が昌浩の術を破ったのだ。

新たな妖気の出現に、昌浩と紅蓮は息を呑む。

「今度は、なんだ⁉」

鶚か、鵺か、それとも挙父か。

倒したはずの妖異たちの姿がふたりの脳裏《のうり》を駆け抜《ぬ》ける。——だが。

黄昏の光の中、昌浩たちの前に降り立ったのは、人の姿をした異形のものだった。

異国の長衣をまとった男は、絡みつくような視線を向けて、優雅《ゆうが》に一礼して見せた。

『はじめまして、外《と》つ国の方士と、堕《お》ちた神よ』

侮蔑《ぶべつ》をはらんだ声音に、紅蓮の目がぎらりと光る。射貫くような眼光を向ける紅蓮に、男は動じたふうもなく微笑《ほほえ》んだ。

『いかがですか、こちらの趣向《しゅこう》は。存分にお楽しみいただけたのではないかと思うのですが』

犬の声が轟く。猰狃の咆哮がそれに重なり合い、昌浩たちを圧倒《あっとう》するほどの妖力が満ち満ちていく。

男が現れた途端《とたん》、蚕蚕たちの力はいや増した。

紅蓮の闘気が無数の炎蛇に転じる。

「こいつらを甦《よみがえ》らせたのは、貴様か！」

『ご名答。と申しましても、私の力だけではありません。我が主の強大なお力があってこそ、なせる業《わざ》』

歌うような口調で、男はつづけた。

『ああ、申《もう》し遅《おく》れました。私の名は鳴蛇。はるか大陸の地から参った者』

鳴蛇の口上が終わらぬうちに、紅蓮の炎蛇が襲《おそ》いかかる。鳴蛇はひらりと身をかわした。代わりにその炎を受けたのは猲狙だ。

漆黒《しっこく》のあら毛が瞬時《しゅんじ》に燃え上がる。苦痛に転げまわる猲狙を一瞥《いちべつ》し、鳴蛇は困った風情《ふぜい》で微笑した。

『ああ、さすがは神の名を持つものの炎。なるほど、激しい。これで猲狙は焼かれたというわけですね…』

納得《なっとく》した様子で頷《うなず》く鳴蛇に、紅蓮は立てつづけに炎蛇を放つ。だが、ことごとく回避されてしまう。

苛立《いらだ》ちを隠《かく》さない紅蓮は、ふいに眉《まゆ》を寄せた。はっと視線を走らせる。

「紅蓮？」

蛮蛮から意識を逸《そ》らさないようにしながら、昌浩は短く尋《たず》ねる。舌打ちが聞こえた。

「くそっ、取り込まれた…！」

それが意味するところを正確に理解して、昌浩は息を呑んだ。

いつの間にか、異界に取り込まれている。漂《ただよ》う風が異質なものとなり、街並みが一変しているのだ。そしてそれを形作っているのは、鳴蛇にほかならなかった。

窮奇と同じように、異界を作り出す力。鳴蛇は窮奇に匹敵《ひってき》するほどの妖力を持っているのか。

『さあ、方士よ。我々に屈《くっ》しなさい。そうすれば、苦しまずともすみます』

「ぬかせ！」

吠《ほ》える紅蓮を迷惑《めいわく》そうに眺《なが》めやり、鳴蛇は呆《あき》れたように息をつく。

『あなたには何も言っていませんが…。邪魔《じゃま》をすると痛い目を見ることになりますよ』

鳴蛇の顔から笑《え》みが消えた。

対する紅蓮の全身から闘気が立ち昇《のぼ》る。犬歯の覗《のぞ》く口元に、凄絶《せいぜつ》な笑みがにじんだ。

「できるものならやってみるがいい。十二神将騰蛇を侮《あなど》るなよ」

掲《かか》げた右手に炎が生じ、大きくのび上がる。紅蓮の意のままに蠢《うごめ》く炎蛇は、異邦《いほう》の妖異鳴蛇に向けて躍りかかる。

刺《さ》すような妖気が鳴蛇から無数に放たれた。飛礫《つぶて》のようなそれは炎蛇を撃ち抜き、紅蓮に襲いかかる。

飛び退《すさ》って逃《のが》れた紅蓮との間合いを詰《つ》め、鳴蛇は両手を広げた。妖力が閃光《せんこう》を伴《ともな》って爆発《ばくはつ》する。荒《あ》れ狂《くる》う妖気の嵐が紅蓮と昌浩を翻弄《ほんろう》する。

昌浩は五芒を描いて叫んだ。

「禁！」

昌浩の周囲を凄烈《せいれつ》な霊力が取り囲み、仄白《ほのじろ》く光る障壁《しょうへき》が妖気《ようき》の嵐を阻む。一方の紅蓮も、神気で嵐を撥《は》ね返す。

『────！』

蛮蛮の鳴号が轟く。はっと視線を向けた昌浩に突進した蛮蛮は、障壁を力ずくで打ち破った。

「なにっ！」

「昌浩！」

紅蓮の炎が蛮蛮に絡《から》みつき、激しく燃え上がった。蛮蛮は悲鳴を上げてもがきながら紅蓮を睨《にら》む。

『この…程度で……様に…』

威力《いりょく》を増す炎が蛮蛮の全身を燃やし尽《つ》くすまで、そう時間はかからない。

『おのれぇぇぇ！』

怒号を上げた猶狙が紅蓮に飛びかかる。紅蓮はその角を受け止めると、遠心力で鳴蛇に向けて投げ飛ばす。鳴蛇はそれを無造作によけ、紅蓮を賞賛した。

『雑魚《ざこ》相手でしたら、そこそこおやりになるようだ』

金色の双眸《そうぼう》が剣呑《けんのん》に光る。

「次は貴様だ、鳴蛇よ」

人の姿をした妖異は、首を傾《かたむ》けてうっそりと笑う。

『私が相手をする必要はないでしょう。そろそろ……っ⁉』

ふいに、それまで鳴蛇の顔に貼《は》りついていた余裕《よゆう》が剝《は》がれ落ちた。

妖異が身を翻《ひるがえ》した瞬間《しゅんかん》、一同を取り囲んでいたはずの結界が音を立てて破られる。

空は夕焼けを過ぎた暗い色に変わっている。思っていた以上に時間が経《た》っていたのだと、昌浩はそのとき初めて知った。

妖異の作り出した結界の中にいたため、感覚が妙《みょう》だ。

一瞬《いっしゅん》自失した昌浩の耳朶《じだ》を、大きな羽ばたきの音が打った。引かれるように仰《あお》いだ視界に、影《かげ》が掠《かす》める。

瞠目《どうもく》する昌浩めがけて、それはまっすぐ滑空《かっくう》してきた。

「…な……っ」

一歩後退《あとずさ》った昌浩の前に降り立った純白の異形は、瞬《また》く間に姿を人のそれに変える。長身の、異国の衣装をまとった男だ。片膝《かたひざ》をついて顔をあげ、昌浩を射貫く。

「…それは…」

唸《うな》るような声が発された。暗い色の衣装から剝《む》き出しの肩《かた》が異様な白さをかもし出している。

くせのない鋼色の短い髪《かみ》が風をはらんで揺《ゆ》れる。長めの前髪の奥にある双眸が、昌浩に据《す》えられたまま驚愕《きょうがく》したように見開かれていた。

「それは、まさか、踰輝の……」

男の手がのびてくる。足を引いた昌浩より速く、妖気の渦《うず》が刃《やいば》となった。

昌浩の胸元《むなもと》が横一文字に切り裂《さ》かれる。反射的に下がったおかげで怪我《けが》にはいたらないが、衣《ころも》がざっくりと持っていかれた。

衝撃《しょうげき》でよろめいた昌浩は、衣の切れ端《はし》とともに男が摑《つか》んでいるものを見て、血相を変えた。

「あ……！」

彰子からもらった、あのお守り代わりの匂《にお》い袋《ぶくろ》だ。

「返せ！」

摑みかかろうとする昌浩をかわした男は、はっと視線を走らせて跳躍《ちょうやく》した。

「昌浩！」

紅蓮の叫《さけ》びが昌浩を振《ふ》り向かせる。

身を震《ふる》わせながら突進《とっしん》してきた獗猲の角が、ごく間近に迫《せま》っていた。

昌浩は必死で横に飛ぶ。勢いのままに転げてなんとか身を起こすが、胸の奥が冷えた。

一方、獗猲の攻撃《こうげき》をよけた妖異は、殺意の目を鳴蛇に据えていた。

『これは……、天馬《てんば》ではありませんか。あの日、我が主《あるじ》の糧《かて》となるという、比類ない栄誉《えいよ》を賜《たまわ》った一族の、無様な生き残りですか』

「黙《だま》れ鳴蛇！　踰輝は、踰輝はどこだ……！」

男は鳴蛇から昌浩に目を向け、声を荒《あら》げる。

「これは踰輝の…」

ふいに男ははっとした様子で息を呑《の》んだ。手にした匂い袋をまじまじと見つめる。男は剣呑に眉を寄せ、匂い袋を握《にぎ》り締めた。

「違《ちが》う……」

顔を歪《ゆが》める男に、鳴蛇は嘲笑《ちょうしょう》した。

『天馬よ。確かあなたは翻羽といいましたね。あなたの妹は、ここにはおりませんよ。その意味、いかに愚《おろ》かであろうと、察することくらいはできましょう』

「黙れ…！」

嘲《あざけ》りを具現したかのような鳴蛇の顔を、翻羽は激しい怒《いか》りを込めて睨んだ。翻羽の全身から噴《ふ》き上がる、凄《すさ》まじい妖気。舞《ま》い上がるそれが昌浩や紅蓮の許《もと》にまで届く。

「奴《やつ》はどこだ、群れを襲い、我が妹を奪《うば》い去ったあの化け物は！」

鳴蛇は静かに嗤《わら》う。

『聞いたところで意味はない。あなたはここで死ぬのですから』

獺狷の咆哮《ほうこう》が轟《とどろ》いた。鳴蛇の妖気が高まり、飛礫となって翻羽を襲《おそ》う。

それまで固唾《かたず》を呑んで行く末を見守っていた昌浩は、横合いから燃え上がる炎《ほのお》が立ち昇ったのを感じて視線を滑《すべ》らせた。

灼熱《しゃくねつ》の業火《ごうか》が躍《おど》り上がる。

「食《く》らえ！」

鳴蛇と翻羽、獺狷に炎蛇を叩《たた》きつけた紅蓮に、昌浩は思わず叫んだ。

「紅蓮、待て！」

紅蓮の炎を妖気の風で吹《ふ》き払《はら》った鳴蛇が、忌々《いまいま》しげに舌打ちして手を掲げる。

『まずは天馬、死に損《ぞこ》ないのあなたから葬《ほうむ》ってあげましょう』

鳴蛇の飛礫が嵐《あらし》のように荒れ狂う。紅蓮はとっさに昌浩を己《おの》れの背後に回した。妖気の飛礫が紅蓮の全身を切り裂く。

「紅蓮！」

「出るな！」

自分の胸の下までしかない小柄《こがら》な昌浩を我が身を盾《たて》にしてかばった紅蓮は、滴《したた》る血潮を無造作に振り払って炎を召喚《しょうかん》させた。

紅蓮と昌浩の眼前に、漆黒《しっこく》の獺狷が迫ってくる。

息を呑んだ昌浩に、紅蓮は薄《うす》く笑う。立ち昇る蛇が、白炎《びゃくえん》の龍《りゅう》と化した。

「しっかりしろ、晴明の孫よ」

「孫言うな！」

条件反射で怒鳴《どな》り返したとき、大きな羽ばたきが響《ひび》いた。

灼熱の龍が猶狙を拘束《こうそく》し、締《し》め上げる。地を揺るがすような絶叫《ぜっきょう》が駆《か》け抜《ぬ》けた。

紅蓮の後ろから目を凝《こ》らした昌浩は、もうひとつの異形が降り立つのを見た。

犬のような状《かたち》に翼《つばさ》を具《そな》えた妖異。大きさは馬ほどもある。人に転身する前の翻羽とまったく同じ形だが、ひとつだけ違うところがあった。

新たに降り立った天馬は、全身が闇《やみ》を切り抜いたような漆黒なのだ。

漆黒の天馬は瞬く間に転身し、翻羽と同様人の姿を取った。

鳴蛇はちらと目を向け、無感動に口を開く。

『おやおや…。異端《いたん》の天馬まで。二頭も狩《か》りこぼしていたとは…』

異端の天馬。

昌浩は胡乱《うろん》な顔をする。

新手の出現に、紅蓮が目を細めた。猶狙は白い炎に焼かれて地表に身を投げ出し、びくびくと痙攣《けいれん》している。

現れた天馬の青年に、翻羽は苛立《いらだ》ったような声で言い放った。

「越影、どこへ行っていた!?」

「すまない。……踰輝に似た気配がして……」

翻羽の眉《まゆ》が跳《は》ね上がる。握り締められた彼の手元からかすかな香《かお》りがするのに気づき、越影は息を呑んだ。

「翻羽、それは……」

「あの子どもが、持っていた。……だが、踰輝のものではない」

一瞬輝《いっしゅんかがや》いた越影の面差《おもざ》しが、すぐさま落胆《らくたん》に取って代わられる。

「気を落とすな、相棒。踰輝は必ず近くにいるはずだ」

翻羽の言葉に、鳴蛇が感嘆《かんたん》した風情《ふぜい》で諸手《もろて》を広げた。

『あのか弱い天馬のことですか。なるほど、あなたがたはあの天馬を取り戻《もど》そうとお考えなのですね。……哀《あわ》れな』

嘲笑まじりの台詞《せりふ》に、翻羽と越影が激昂《げっこう》したのが気配でわかった。

鳴蛇は優雅《ゆうが》にすら見える所作で一礼し、転がっている猰㺄と蚕蚕の軀《むくろ》を一瞥《いちべつ》した。

『やはり、一度倒《たお》れたものはあまり役には立ちませんね。鶚といい鵕といい、せっかく挽回《ばんかい》の機会をくれてやったというのに。窮奇も所詮《しょせん》は敗者ということでしょう』

視線を滑らせた鳴蛇は、昌浩を認めて目を細めた。獲物《えもの》を品定めするような目だ。

昌浩の背筋を慄《ふる》えが駆け昇《のぼ》る。

『幼き方士。いずれまたお迎《むか》えにあがりますよ。我が主が心待ちにしておられることを、ゆめ忘れませんように』

それだけ言い置くと、男は身を翻《ひるがえ》す。その全身から妖気《ようき》が迸《ほとばし》った。四方八方に放たれた妖気の散弾《さんだん》から身を護《まも》ることに気をとられ、天馬たちも昌浩と紅蓮も鳴蛇を追い損なう。

気がつけば、完全な夜が世界を覆《おお》っていた。

思わず飛びだした昌浩は、数歩行ったところで足を止めて拳《こぶし》を握り締めた。

「鳴蛇…、どこへ…！」

ばさりと羽ばたきが聞こえた。

紅蓮の炎蛇がのびあがり、異形に転身した天馬二頭に迫る。だが、風のように天を翔《か》けあがる妖《あやかし》たちを捕《と》らえることはできなかった。

闇にその身をくらませた天馬たちを目で追っていた昌浩は、不機嫌《ふきげん》そうに舌打ちする紅蓮を振り返った。

「紅蓮…」

「すまん、取り逃《に》がした」

昌浩は首を振る。紅蓮のせいではない。鳴蛇に気を取られて天馬たちに縛魔術《ばくまじゅつ》も何もかけなかった自分の失態でもあるのだ。

妖異の作り出した結界は消失した。昌浩は気を凝《こ》らす。

蛮蛮たちが出現する前に感じた窮奇の妖気は、消えていた。

「……窮奇は……」

そこに、突風《とっぷう》が吹き荒《あ》れた。

「騰蛇！」

聞き覚えのある声が降ってくる。振《ふ》り仰《あお》いだふたりは、たくましい体軀《たいく》の十二神将白虎が舞い降りてくるのを見た。

「白虎、どうした」

紅蓮の問いに、白虎は険のある顔をする。

「それはこちらの台詞だ。凄まじい妖気の出現を察した晴明が、俺をこちらに差し向けた」

「じい様が……」

目を見開く昌浩に、壮年《そうねん》の神将は重々しく頷《うなず》く。

「ほぼ時を同じくして、死んだはずの窮奇たちが現れた。十二神将がほぼ総動員だ」

「待て、白虎よ。では、窮奇のほかにも妖異が出たのか」

「ああ。鶚と鵺といったか。貴船で倒したはずの鳥妖たちだ。もっとも…」

言いながら彼方《かなた》を見はるかす。

「それぞれ晴明や青龍が迎え撃《う》ち、なんとか事なきを得たがな」

昌浩は緊張《きんちょう》をといた。窮奇が狙《ねら》っているのは彰子だ。その窮奇が倒されたのならば、もう心配はいらない。

「白虎、窮奇を倒したのは」

昌浩の問いに、白虎は穏《おだ》やかに返した。

「朱雀と晴明だ。天空も異界から力を貸したらしいが、俺はその場にはいなかったので、これ以上は晴明に聞くといい」

昌浩が息を呑《の》む。

「じい様が……」

「そうか」

紅蓮がほっと息をつく。長身の体軀から白い物《もの》の怪《け》に変化すると、夕焼けの瞳《ひとみ》が憤激《ふんげき》できらきらと輝《かがや》いた。

「鳴蛇に、天馬の翻羽と越影、か。……奴《やつ》ら、何者だ…！」

物の怪の唸《うな》りを聞きながら、昌浩はざっくり裂《さ》けた自分の胸元《むなもと》を押さえた。大事なお守りだった匂《にお》い袋《ぶくろ》は、翻羽に奪《うば》われたままだ。

二頭の天馬たちが口にしていた名を思い出す。

「……ゆき…」

物の怪が首をめぐらせて瞬《まばた》きをする。

妖たちの言葉が脳裏《のうり》を駆け抜ける。

大陸の地から参った者。生き残り。天馬。異端。

昌浩は天馬たちが消えた空を見上げて、剣呑《けんのん》に呟《つぶや》いた。

「奴らはいったい、なんのためにこの国に来たんだ…？」

7

◇　◇　◇

神仙《しんせん》の住む地に、彼らは暮らしていた。

純白の毛並みを持つ天馬の群れ。強大な妖力を持っているが、決して争いを好まず、平和に、静かに暮らしていた妖。

そんな天馬の群れの中に、漆黒《しっこく》の毛並みを持った仔《こ》が生まれたことが、もしかしたら滅《ほろ》びの発端《ほったん》だったのかもしれなかった。

異形は大概《たいがい》において長命だが、天馬もその例に漏《も》れない。天敵も特には存在しないため、彼らはぬるま湯のような平和の中で時を過ごしていた。

そんな中に突然《とつぜん》現れた異端の仔は、天馬たちに恐怖《きょうふ》というものを思い起こさせた。

その仔の親は、漆黒の我が仔を産み落とすと同時に息を止め、そのまま二度と動かなかった。

越影と名づけられたその仔は、いつか群れに災《わざわ》いをもたらすのではないか。災いを呼び込むのではないか。

それはただの風聞であったはずなのに、いつしか真実になってしまった。

漆黒の仔は常につまはじきにされ、疎《うと》まれ、忌《い》み嫌《きら》われた。それでも生き延びることができたのは、どれほど疎んじていても、天馬たちがその仔を殺そうとまではしなかったからだ。

たとえ異端《いたん》であっても、命を奪うのは忍《しの》びない、あまりにも哀れだと、声を上げた天馬がいたからだった。

それが、翻羽と踰輝の父親だったのだ。


あるとき恐《おそ》ろしい化け物が天馬たちの郷《さと》に現れ、幼い翻羽と越影が襲《おそ》われた。翻羽の父は命と引き換《か》えに彼らを逃がし、殺された。

あんな仔に情けをかけたからだと天馬たちは噂《うわさ》し、越影はますます孤立《こりつ》した。

幼い頃《ころ》の越影は、常に誰もいない岩陰《いわかげ》にうずくまって、時が経《た》つのをじっと待っていた。

夜になって眠《ねむ》るときだけが、いまは亡《な》き母親と夢の中で過ごすときだけが、ささやかな平穏《へいおん》と幸せを感じられる時間だったのだ。顔も知らない母親は、いつも越影を抱《だ》きしめてくれた。

けれども、その面差しだけはどうしてもはっきりと見ることができない。

知らないのだから、当たり前だった。

それが本当に悲しくて。どうしようもなく切なくて。声を殺して泣いていたときに、まだよちよち歩きしかできない幼い天馬が、越影の前に現れたのだ。

四つの足で頼《たよ》りない足取りで近寄ってきた天馬は、越影をじっと見つめて首を傾《かたむ》けた。

「……だあれ？」

舌足らずな声で尋《たず》ねてくる。越影はそっぽを向いて聞こえなかったふりをした。

幼い天馬は、越影の目線を追ってくると、立ち止まってもう一度首を傾けた。

「あなたはだあれ？」

「うるさい。お前なんか知らない」

「おまえじゃなくて、ゆき、ゆきよ」

そのとき、翳《かげ》っていた陽《ひ》が射《さ》して、岩陰を照らした。

うずくまっていた天馬の毛並みが自分とは違《ちが》う漆黒であることに気づいた踰輝は、目を丸くして、越影をしげしげと見つめる。

自分に向けられる好奇《こうき》と嫌悪《けんお》の目に嫌気《いやけ》が差していた越影は、不躾《ぶしつけ》な幼い天馬を突《つ》き飛ばしてやろうと立ち上がった。

自分を見上げる踰輝の目が、きらきらと輝く。

「あなた、きれいね」

持ち上げようとしていた前足が止まる。越影は息をするのも忘れて、幼い天馬を見返した。

「どうやったらそんな色になれるの？　きれいね、きれいね」

嬉《うれ》しそうに笑う幼い天馬に、越影は何も言えず。足をそろそろと下ろす。

そこに、越影と同じくらいの大きさの白い天馬がひらりと降り立った。

「踰輝、こんなところにいたのか！」

「あ、にいさん」

振り返る踰輝の隣《となり》に並んだ翻羽は、目を丸くしている越影に気づいた。

「翻羽…」

彼の父親が生きていた間は、歳が同じだったこともあって一番近しい同族だった。だが、自分たちを護《まも》るために彼の父が犠牲《ぎせい》になってから、一度もまともに言葉を交《か》わしたことはなかった。彼の父を死なせてしまったのだという自責の念が、越影を苛《さいな》むからだ。

久しぶりに会った翻羽は、昔と同じ屈託《くったく》のない目をしていた。

「なんだ、越影。こいつのお守《も》りをしててくれたのか」

「あ…いや…」

越影は無意識に身を引いた。

「……俺と一緒《いっしょ》にいると、災いがくるぞ」

そそくさと立ち去ろうとする越影の耳に、踰輝の声が響《ひび》く。

「にいさん、わざわいってなぁに？」

無邪気《むじゃき》な声音《こわね》が耳に痛い。目を閉じて逃《に》げ出そうとした越影を、翻羽の言葉が引き止めた。

「どこにもないのに、大人たちが勝手に作ったものだ。そんなものがないってことくらい、踰輝にもわかるだろう？」

恐る恐る振《ふ》り返る越影に、翻羽はからりと笑いかけた。

「親父殿《おやじどの》がいつもそう言っていた。こいつは、ついこの間生まれたばかりの、俺の妹だ。踰輝、あいつは越影というんだ」

白い天馬の兄妹《きょうだい》は、仲睦《なかむつ》まじい様子で寄《よ》り添《そ》っている。

踰輝は、翻羽と越影を見くらべて、可愛《かわい》らしく頷《うなず》いた。

「ないのね。だってえつえいのけなみは、むこうの山にある黒水晶《くろずいしょう》みたいにきれいよ」

「だよなぁ」

愛らしい仕草を見せる妹に、翻羽は可愛くて仕方がないという様子で目尻《めじり》を下げる。

鼻先で踰輝の首をこすりながら、翻羽は越影を見た。

「お袋殿《ふくろどの》も、こいつを産んでそのまま逝《い》ってしまった。でも、災いなんてどこにもないぞ。こいつは親父殿とお袋殿が俺に遺《のこ》してくれた、宝物だ」

だからきっとお前だって同じだと、純白の天馬は断言する。その妹である幼い天馬は意味もわからずに、そうよと頷いてみせる。

漆黒の天馬はうつむいた。嬉しくて嬉しくて、涙《なみだ》が止まらなかった。

天馬たちは一定の年齢《ねんれい》を過ぎると妖力《ようりょく》が増し、人身を取ることができるようになる。転身した姿はそれぞれみな違う。どんな姿になるかは個性が定めるのだった。初めて転身した日、翻羽とふたりで自分たちの姿を水鏡《みずかがみ》に映し、こんなふうになるのかと感心していた彼らを、未《いま》だ幼い踰輝が不満そうに眺《なが》めていた。

「兄さんと越影だけずるいわ。私も早く転身できるようになりたい」

「すまない」

つい謝ってしまった越影の背を叩《たた》き、翻羽が豪快《ごうかい》に笑う。

「ばーか。こいつの戯言《たわごと》をいちいち真に受けるなよ。それより踰輝よ、どうだ？　どっちがいい男だ？」

踰輝はぷいと顔を背《そむ》けた。

「人間の姿なんだからよくわからないわ」

それもそうだ。

へそを曲げている彼女の言い分にも一理ある。

「そうかぁ？　この鋼の色の髪《かみ》なんて、結構珍《めずら》しくて目を引きそうだけどなぁ」

しゃがんで水面を眺めている翻羽の頭髪《とうはつ》は、彼本来の毛並みとはまったく違う色をしていた。

水面を見下ろし、越影も自分の髪をじっと見つめる。漆黒《しっこく》の毛並みとは違う、灰白《かいはく》色の長い髪。自分の意思で決めたわけではなく、転身すると同時にこの姿になっていた。

頰《ほお》にかかる髪に触《ふ》れて、越影はふと沈《しず》んだ目をした。本体の毛並みも、この髪と同じく明るい白であれば、よかったのに。

黙《だま》っていた越影の背に、踰輝の明るい声がした。

「越影の髪は白いのね」

振り返り、越影は複雑な笑《え》みを唇《くちびる》に乗せて頷く。踰輝は首を傾けて目を細めた。

「でも、黒水晶みたいなあの毛並みのほうが、ずっときれいだわ」


それから数年ののち、踰輝が転身できるようになった晩。

「お前が転身できるようになった祝いに、伽羅《きゃら》を取ってきてやる」

そう言い置いてはりきって出て行った翻羽が、まだ戻《もど》らない。

「兄さん、遅《おそ》いわ…」

高くなった月を見上げて、踰輝は心細げに呟《つぶや》く。

転身した踰輝は、栗色《くりいろ》の長い髪にほんの少しくせがあり、それが華奢《きゃしゃ》なうなじを覆《おお》っていた。細い首筋から肩《かた》までの線が見える衣装は丈《たけ》が長く、腰帯《こしおび》の両端《りょうたん》を前にたらしている。足首まである衣《ころも》は歩くときまとわりついて邪魔《じゃま》そうだった。

岩のくぼみに腰《こし》を下ろした踰輝の傍《かたわ》らには、同じく転身した越影がいた。自分が戻るまでよろしく頼《たの》むと翻羽に頼まれたのだ。

「伽羅、見つからないでいるのかしら…。それならそれで、戻ってくればいいのに」

「約束をしたからには、絶対に見つけようと躍起《やっき》になっているんだろう」

越影の言葉に、踰輝はため息をついた。

「そうなのよね。逆に見つからないことに怒《おこ》っていたりするのよ。周りに八つ当たりしてるかもしれないわ」

「……確かに」

容易に想像がついてしまう。天馬の力は強大なのだ。怒りに任せて振るおうものなら、大変なことになってしまう。

いくら翻羽でもそれくらいはわかっているはずだと思うのだが、熱くなると周りが見えなくなる性格であることもわかっているので、一抹《いちまつ》の不安が拭《ぬぐ》えない。

夜空を見上げて、踰輝はふいに笑った。

「でも、こうやって待つのもたまにはいいかもね。越影がいてくれるから寂《さび》しくないし」

「そうか」

花がほころぶような微笑《びしょう》を、越影は眩《まぶ》しそうに見返す。そんな越影に、少女は思いついた顔で言った。

「そうだ。越影は、何もくれないの？」

唐突《とうとつ》な問いかけに、越影は面食《めんく》らった顔で言葉に窮《きゅう》する。考えてみれば、翻羽が祝いの品を取りにいったのだから、自分も何か贈《おく》るべきなのではないかと思われた。

「や…それは…すまん…」

気づかなかった自分を責め、青年は悄然《しょうぜん》とうつむく。踰輝は慌《あわ》てて言い募《つの》った。

「ごめんなさい、あなたを困らせるつもりはなかったの。ただ、……越影から何かもらったことなんて、なかったから……」

転身の祝いを口実にしてならば、乞《こ》うても不自然ではないと考えての発言だったのだが、逆に追い詰《つ》めてしまった。

しょんぼりと肩を落として黙り込む踰輝を見ていた越影は、どうしたものかと視線を泳がせ、ふと目をとめた。

うつむいている踰輝の視界から、越影の足が遠ざかる。嫌《きら》われてしまったのかもしれないと、踰輝は顔を歪《ゆが》めた。

ぱきぱきと音がして、越影の長い足が戻ってきた。そうして、髪に何かが触れる。

反射的に顔をあげた踰輝は、越影の指が自分の髪に触れていることに気づいて息を詰めた。

「有り合わせで、申し訳ないが……」

越影の手が離《はな》れる。踰輝はそろそろと髪に手を触れた。右耳の上に、花がさしてある。すぐ近くの木に咲《さ》いている花だ。小さな白い花が丸く密集して咲くこの木は、遠目にはたくさんの小さな白い鞠《まり》が下がっているように見えるのだった。

踰輝はこの白い花が好きだった。それを覚えていてくれたのか。

「嬉《うれ》しい……。ありがとう、越影」

「いや…」

こんなものしか贈れない自分がとても情けない。だがそれでも、踰輝が笑ってくれることが嬉しかった。

「あのね、もうひとつだけ、お願いを聞いて」

目をしばたたかせる越影に、踰輝は幸せそうな笑みを見せた。

「こっちがわにも、あの花がほしいの。…だめ?」

それは本当にささやかな願いで。それを越影が否《いな》というはずがなかった——。

◇　◇　◇

そんな日々は、もう遠いのだ。

天を翔《か》けながら、翻羽は激情を隠さずに叫んだ。

「おのれ……！　鳴蛇がいるなら、奴も近くにいるはずだ……！」

天馬たちを八つ裂きにし、踰輝をさらったあの化け物。

越影はぐっと息を詰めた。

「……どこに……」

踰輝、踰輝、どこにいる。既《すで》に生きてはいないだろう、だが天馬の魂《たましい》は必ずや近しいものの許《もと》へ還《かえ》ってくるのだ。なのに、踰輝の魂は戻っていない。

どこかで迷っているのだ。人の器《うつわ》の中に入り込んでいるのかもしれない。何かに囚《とら》われたままなのかもしれない。

そこから解き放ってやらなければ、踰輝の心はいつまでも泣きつづけるだろう。

眠《ねむ》るたびに夢を見る。怯《おび》えてすくんでいる純白の天馬。そこに重なるようにして見える、華奢な少女。顔を覆い、ずっと泣いている。

助けて。

助けて。

兄さん。越影。助けて。

「踰輝、どこに…」

翔ける翻羽は、子どもから奪《うば》った匂《にお》い袋《ぶくろ》を凝視《ぎようし》する。伽羅の香《かお》り。踰輝に贈ったあの香木《こうぼく》。翻羽が苦労して見つけてきた伽羅を、踰輝はとても喜んで、いつもこの香りを身にまとっていた。彼女の体には、伽羅の香りがしみついているのだ。

だから、伽羅の香りをまとう女を捜《さが》した。その中に、踰輝の魂がありはしまいかと。

越影の脳裏《のうり》に、先ほど会った少女の姿がよぎる。自分をまっすぐに見つめてきたあの瞳《ひとみ》。

天馬たちは夜の都を俯瞰《ふかん》した。

「奴《やつ》は、…鳴蛇は、どこだ…！」

姿を消している化け物たちの妖気《ようき》は巧妙《こうみよう》に隠《かく》されて、探《さぐ》り当てることができない。

「踰輝…！」

お前は、どこにいる。

◆

◆

◆

白虎から現状を聞いた昌浩は、ひとまず報告の為《ため》に大内裏《だいだいり》の陰陽寮《おんみょうりょう》に戻った。が、妖異の襲《しゅう》撃《げき》にあったひどい姿のままだったため、大騒《おおさわ》ぎになってしまった。

「昌浩殿、その姿は⁉」

仰天《ぎょうてん》して詰め寄ってきた藤原敏次に、異形に遭遇《そうぐう》して、と端的《たんてき》に伝える。

陰陽寮が激震《げきしん》した。暦博士《れきはかせ》安倍成親だけでなく、直丁《じきちょう》昌浩まで遭遇するとは。もしや、この都に未曾有《みぞう》の脅威《きょうい》が訪《おとず》れているのではあるまいか。

上を下への大騒ぎになった大内裏の一角で、昌浩は茫然《ぼうぜん》とそれを眺《なが》めていた。何しろ異形の襲撃にあったということは、穢《けが》れに触《ふ》れたということにほかならないのだ。一刻も早く大内裏から退出し、邸《やしき》にこもって物忌《ものいみ》に入る必要があるのだが、詳《くわ》しい報告ができるのは昌浩だけなので、それがすむまでは帰ることもできない。

陰陽博士である吉平《よしひら》が修祓《しゅばつ》を買って出てくれたので、昌浩は陰陽部の一角でそれがすむのを待っているのだった。

「……どうしよう、もっくん。なんだか偉《えら》い騒ぎになってるよ」

「未《いま》だかつてない脅威、なぁ。まぁ、知らないからなー、みんな……」

脅威ならばとっくに訪れて、人知れず命がけで撃退した、はずだった。

そう、はずだったのだ。それが。

だが、それを熟考しているいとまはない。次から次へと役人たちが入れ代わり立ち代わりで詳細《しょうさい》を求めてやってくる。穢れが広がらないよう昌浩はこの場に留《とど》まっていなければならないので、代わりにみなが足を運んでくれるのだ。それが逆に申し訳ないような気になっている昌浩だった。

それに、早く邸に帰りたい。晴明や神将たちに聞きたいことが山ほどあるし、何よりも彰子の安否をこの目で確かめたい。

家族は後回しにされてしまったおかげで、吉昌と昌親に成親の容態を伝えてようやく解放された頃《ころ》には、戌《いぬ》の刻に入っていた。

急いで邸に戻《もど》った昌浩を出迎《でむか》えた彰子は、悲鳴を上げて真っ青になった。

「昌浩、その傷は…!」

よろめく彰子を、顕現《けんげん》した白虎が支えてやる。

「大丈夫《だいじょうぶ》か、姫《ひめ》」

「あ…ごめんなさい、大丈夫」

それでも、顔色は真っ青だ。昌浩は安心させるように笑顔《えがお》を作った。

「これでも怪我《けが》はしてないんだよ。……それより、俺、彰子に謝らないといけない」

肩《かた》を落とした昌浩の様子にただならぬものを感じて、彰子は不安げに瞳を揺《ゆ》らす。

「どうしたの…、何か…」

「実は、彰子からもらった匂い袋を、妖《あやかし》に奪われて……」

うつむいていた昌浩は、そうっと彰子の様子を窺《うかが》った。彰子は目を見開いて昌浩を見つめていたが、やがてほっと息をついた。

「それ、だけ？　ほかには、ないの？」

「う、ん。……大事にするって約束したのに、ごめん」

頭を下げる昌浩に、彰子は微笑《ほほえ》んで首を振《ふ》った。

「昌浩が無事なら、それでいいわ」

ふたりのやりとりを眺めていた物の怪が、あさっての方を向いて首の辺りをわしゃわしゃと掻《か》きまわす。

昌浩は真剣《しんけん》な面持《おもも》ちで尋《たず》ねた。

「彰子、俺に何か話があるんじゃないのか？」

「え……」

彰子は軽く目を瞠《みは》る。昌浩は彼女をまっすぐに見つめた。

「出掛《でが》けに、何か言いたそうな顔してた。……それに、夕方、倒《たお》したはずの窮奇の気配がして」

心配で、本当はいても立ってもいられなかった。窮奇が晴明に倒されたと聞いても、彰子の無事な姿を見るまでは安心などできるはずもなかった。

「ごめん…。窮奇は俺が倒したはずだったのに、どうして……」

握《にぎ》り締《し》めた拳《こぶし》が震《ふる》えている。彰子の指が、そこに触れてきた。

「大丈夫よ…。あのね、夢を、見たの」

「夢？」

「そう、夢よ。……あの恐《おそ》ろしい声が、応《いら》え、て…繰《く》り返して……」

はっと息を呑《の》んだ昌浩の手を、彰子は両手で包むようにする。うつむき加減で、途切《とぎ》れがちの声を彼女は懸命《けんめい》につむいだ。

「怖《こわ》くて…でも、口にしたら、それが言霊《ことだま》になってしまうかもしれないと思ったら、言い出せなくて……」

どんなに神将たちが案じてくれても、恐怖《きょうふ》が先に立ち、話すことはできなかった。

「彰子……」

「でもね、もう大丈夫。みんながちゃんと護《まも》ってくれたから」

「みんな？」

頷《うなず》いて、彰子はやわらかく笑う。

「朱雀たちみんなよ。……朱雀と天一は、そのせいで怪我をして、いま異界に戻っているの」

笑《え》みに翳《かげ》が射《さ》す。申し訳なく思っているだろう、彼女の気持ちが手に取るようにわかる。

「ごめん……。俺、大事なときに、そばにいてやれなくて…。ほんとに、ごめん…」

護ると、言ったのに。自分が護ると、誓《ちか》ったのに。

うなだれる昌浩に、彰子は慌《あわ》てて首を振った。

「昌浩は何も悪くないわ。そんな顔をしないで」

「でも…」

そのとき、ふたりを見守っていた白虎が、瞬《まばた》きをして口を開いた。

「昌浩、晴明が呼んでいるようだ」

「じい様が？」

白虎を見上げた昌浩に、物《もの》の怪《け》が言った。

「いつまでもここで立ち話もなんだしな」

白い尻尾《しっぽ》がぴしりと揺れて、にやりと笑う。

昌浩は、物言いたげな顔をしながら物の怪の尻尾を踏《ふ》んづけた。

ぼろぼろになった直衣《のうし》から狩衣《かりぎぬ》に着替《きが》えた昌浩が訪れると、晴明は険しい面持ちで式盤《ちょくばん》を睨《にら》んでいた。

入るように促《うなが》された昌浩は、端座《たんざ》して邪魔《じゃま》をしないように黙《だま》ったまま祖父を見つめる。

いつにないほど真剣な表情だ。いったい何を占じているのだろう。

しわだらけの横顔を見つめながら、昌浩は膝《ひざ》の上で拳を握り締めた。

漆黒《しっこく》の窮奇を、晴明と朱雀と天空が倒したのだと、白虎から聞いた。天空は異界にあって、通力だけを飛ばしてきたのだという。

昌浩は天空に会ったことはない。声を聞いたことすらない。どんな風体《ふうてい》をしているのか予想もつかないが、ほかの神将たちの言から推測するに、とても威厳《いげん》と存在感があり、祖父も勝てないようなすごいひとであるらしい。ひとというのは本当は間違《まちが》いなのだろうが、彼らの見た目は人間とよく似ているのでついそう呼んでしまう。

彰子の前に出現した漆黒の窮奇を朱雀と玄武が足止めし、離魂《りこん》術を用いて駆《か》けつけた晴明がとどめを刺《さ》したということだった。

漆黒の姿となって甦《よみがえ》った異邦《いほう》の妖異《ようい》たちはみな、妖力を増しているはずなのだ。窮奇もそうであったという。にもかかわらず、晴明はそれを、傷を負うこともなく短時間で、調伏《ちょうぶく》したのだ。

安倍晴明は、稀代《きたい》の大陰陽師《だいおんみょうじ》。年老いても、それは紛《まぎ》れもない事実。

自分は、まだまだかなわない。

うつむいて、昌浩は過去を振り返る。水鏡《みずかがみ》の向こうの異界に取り込まれて、自分は命がけで、それこそ我が身を投げ出して、勝機を摑《つか》んだ。だが、神将たちの助力がなければこの世界に戻ってくることはかなわなかった。

老人の背は小さい。その小さな背中を、昌浩はいつになったら超《こ》えられるのか。いつか、超えられる日は本当に来るのだろうか。

横にお座りをしている物の怪をちらと見る。超えると決めた。心に刻んだ誓い。それを知っているのは、この白い異形だけだ。それは、まだ自分には、祖父にそれを告げられる自信も実力もないからなのだと、昌浩にはわかっていた。悔《くや》しいけれども、それが現実なのだ。

超えると誓った存在は、あまりにも大きすぎる。

それを昌浩は、改めて痛感してしまった。自分は口ばかりで何もしていない。彰子が呪詛《じゅそ》を発動させてしまったときと同じように、自責の念ばかりが胸の奥から噴《ふ》きあがってくる。

沈《しず》んだ顔をしている昌浩の様子に、物の怪は気づいていた。だが、いまここで物の怪が何を言っても、それはただのなぐさめにしか聞こえないだろう。そうして、なぐさめられたと思うことでさらに泥沼《どろぬま》にはまるに違《ちが》いない。

どうしたものかとそっと息をついたとき、結果が出たのか晴明が顔をあげた。

昌浩を見やって、老人は目をすがめる。袋小路《ふくろこうじ》に入り込んだ孫の思考など、百戦錬磨《ひゃくせんれんま》の老人はお見通しだ。

だが、その件には触《ふ》れずに晴明はもうひとつ気にかかっていたことを尋ねた。

「成親の様子はどうだった？」

昌浩は顔をあげた。

「傷が深いのと、出血が多かったらしくて、動くのが億劫《おっくう》そうでしたけど、命に別状はないようでした」

吉昌と昌親がそれを聞いて心の底から安堵《あんど》していたのを思い出す。そうして、異形に襲《おそ》われた昌浩の無事を喜んでいたことも。

「成親兄上を襲ったのは、異邦の妖異獓狙でした」

「うむ。それだがな。成親以外にも襲われた公達《きんだち》がおられるのだが…、共通していることがあった」

「え？」

目を瞠る昌浩と物の怪に、晴明は式盤を示しながらつづけた。

「みな、多かれ少なかれ、見鬼《けんき》の才を持っていた。成親はお前もよく知っているな、あれの力は相当だ」

「でも、見鬼の才を持つものだったら、ほかにも…」

言い差して、昌浩はさっと青くなった。ほかにも、いるのだ。見鬼の才を持つものは。

「じい様、昌親兄上たちは…」

「昌親と吉平のところに、神将たちを向かわせたよ。お前たちが過去に戦った異邦の妖異は皆《みな》倒《たお》したはずだが、だからといって安心はできん」

窮奇に従ってこの国に来訪した異邦の影《かげ》は、数え切れないほどだった。

吉平の許へは天后と青龍。昌親の許へは太裳と勾陣。都には見鬼の才を持つものがほかにもいるだろうが、大貴族からの依頼《いらい》でもない限りまずは身内が最優先だ。

「成親のところへは、あとで玄武をやる。六合にはそのまま残ってもらったほうがよかろう」

物の怪が頷いた。

「そうだな。蛮蛮と獓狚は片づけたが、鳴蛇と天馬が残ってる」

晴明は昌浩たちに向き直り、腕組《うでぐ》みをしてしかつめらしい顔をした。

白虎から多少の報告を受けている。昌浩たちの前に現れた獓狚と蛮蛮は、鳴蛇という新手に従っているふうだったという。そして、その場に降り立った天馬二頭は、鳴蛇と敵対しているようだった、と。

「天馬たちは、踰輝、という名を口にしていた。どうやら鳴蛇に踰輝を奪《うば》われたらしい」

記憶《きおく》を手繰《たぐ》った物の怪が告げると、晴明は目を瞠《みは》った。

「なに？　その天馬のうちの一頭は、もしや…」

そこに、神気が降り立った。物の怪が目を剝《む》く。

「なんでお前がここにいる⁉」

顕現《けんげん》した十二神将勾陣は、心外なと言いたげな顔で答えた。

「天空が、ここは自分が見るから晴明のところへ戻《もど》れと言ってきたんだ」

「天空が？　なぜそんな…」

訝《いぶか》る晴明を一瞥《いちべつ》し、闘将《とうしょう》の紅一点は肩《かた》をすくめる。

「騰蛇以外の闘将がひとりもいないと、晴明が先陣《せんじん》を切るという懸念《けねん》があるそうだ。離魂術をほいほい使われてはこちらは気が気でないし、あれの寿命《じゅみょう》も縮むと憂《うれ》えていた」

昌浩は晴明を見た。

絶句している。図星だったらしい。

しばらく口の中でもごもごと呟《つぶや》いていた晴明は、特大のため息をついて脇息《きょうそく》に肘《ひじ》をついた。

「まったく、ひとのことを年寄り扱《あつか》いしてからに…」

「年寄りだろうが」

「自覚を持て」

物の怪と勾陣が口々に発する言葉を、晴明はあさっての方を向いて聞き流す。その光景を見ながら昌浩は、じい様は神将たちの主《あるじ》だというけど、時々みんなのほうが立場が上に見えるなぁと思った。

晴明がどういういきさつで十二神将を式に従えたのか、昌浩は知らないのだ。いつか訊《き》いてみようと思っているのだが、その機会になかなか恵《めぐ》まれない。神将たちに訊いてもいいのだが、やはり祖父から聞きたいではないか。何しろ、人間で初めて十二神将を従えたひとなのだ。

そこは、すごいと思う。嘘偽《うそいつわ》りなく。

「……まぁ、たぬきだけど」

口の中でこっそり呟いて、昌浩は居住まいを正した。晴明が真面目《まじめ》な顔になったからだ。

「天空と太裳がいるとはいえ、あれらは攻撃《こうげき》の術を持っとらんだろう。万一の事態が起こったらどうするつもりだ」

「その時は召集《しょうしゅう》がかかるだけだ、問題はないさ」

「そうか？」

さらりと言ってのけた勾陣に、胡乱《うろん》な物言いをしたのは物の怪だ。物の怪は勾陣を見上げたまま目をすがめる。

「おい勾よ。まさかとは思うが、お前、太裳のひとの良さにつけこんで、全部押しつけてきたんじゃないだろうな。あいつがお前に逆らえるとは思えん」

片前足を上げる物の怪に、勾陣は心外なと言わんばかりの体《てい》で眉《まゆ》を寄せる。

「騰蛇、いまのは聞き捨てがならないぞ。お前は私のことをどう思ってるんだ。不審《ふしん》に思うなら天空に訊いてこい」

「絶対に嫌《いや》だ。天空には下手《へた》に触《さわ》りたくない」

眉間《みけん》にしわを寄せる物《もの》の怪《け》に、勾陣は深々と頷《うなず》いた。

「それに関しては私も同意見だ」

昌浩は目をしばたたかせて、こそこそと晴明に尋《たず》ねた。

「じい様。天空、て…なんだか、すごそうなひとですね」

「あれは、すごいぞ。お前もいずれは顔を合わせる日が来るだろう。様々な意味で覚悟《かくご》しておきなさい」

十二神将最強であるはずの紅蓮と、二番手を譲《ゆず》らない勾陣、さらにはあの祖父にまでそこまで言わしめるとは。

「……はい」

昌浩は殊勝《しゅしょう》に頷く。物の怪と勾陣は相変わらず何やら言い合いをしているので、晴明は昌浩に向き直った。

「それとな、これはわしの許に極秘《ごくひ》で報《しら》せがあったのだが…」

参議と大納言《だいなごん》の姫《ひめ》の許にも異形が現れたということだった。様子を見に行った天后と勾陣は、残されていた妖気《ようき》の残滓《ざんし》は、天后が遭遇《そうぐう》した天馬のものだったと断言した。

「天馬は彰子様の許にも現れた」

「え!?」

血相を変える昌浩を制し、晴明は彰子の部屋を一瞥する。

「おそらくは、お前たちが遭遇した天馬の片割れだろうな。彰子様に『踰輝』と呼びかけたという。参議の姫も大納言の姫も、同じように呼びかけられて、帳台の中で一晩中震《ふる》えていたらしい」

腕《うで》を組み、晴明は思慮《しりょ》深い目をした。

「どうやら、鳴蛇と天馬は目的が違《ちが》うようだ。天馬たちは『踰輝』を探しているのだろうが、鳴蛇は果たして……」

ふいに、異邦《いほう》の妖異鳴蛇の言葉が、昌浩の脳裏《のうり》をよぎった。

——我が主が心待ちにしておられることを、ゆめ忘れませんように

猰㺄や蛮蛮が窮奇に従っていたように、鳴蛇にも仰《あお》ぐ主がいるということだ。

「鳴蛇の主が、どこかにひそんでいるのだと思います。狙《ねら》いはわからないけど」

だが、わからなくとも、その妖《あやかし》がこの都に訪《おとず》れ、再び禍《わざわい》となろうとしている。それだけははっきりしている。

晴明は頷いた。

「大内裏《だいだいり》も大騒《おおさわ》ぎになっておる。陰陽寮《おんみょうりょう》の者たちが手分けをして探索《たんさく》、調伏《ちょうぶく》を検討しているという話もあるらしい。だが、寮の役人たちでは太刀《たち》打ちできんだろう」

異邦の妖異は強大だ。鳴蛇は窮奇ほどではないにしても、手強《てごわ》い相手だった。

「昌浩。紅蓮とともに、一刻も早く鳴蛇を探しだし、退治《たいじ》てこい」

「え……」

ぐっと詰《つ》まっている昌浩を、晴明は訝りながら見つめている。

「昌浩？　どうした」

「あ…いえ、なんでもないんです」

頭《かぶり》をひとつ振《ふ》って、昌浩は言った。

「一刻も早く鳴蛇を見つけ出して、俺が退治ます」

8

子《ね》の刻を半分以上過ぎた頃《ころ》、家族が寝静《ねしず》まるのを待って、昌浩は邸《やしき》から抜《ぬ》け出した。

物の怪と、なぜか勾陣が一緒《いっしょ》だ。六合がいないので、代わりについてきたらしい。

「で、どこに行くつもりだ、昌浩」

物の怪の問いに、昌浩はうんと頷いた。

「とりあえず、鳴蛇たちが消えた場所にもう一度行ってみようと思うんだ。闇雲《やみくも》に動いても手がかりがあるわけじゃないし」

「確かにな」

三人はそのまま朱雀大路に向かう。

誰もいなくなった闇夜《やみよ》の中に、気配を断《た》った影《かげ》がひとつ降り立った。

『…ほう、これはこれは。なかなかの結界を施《ほどこ》していらっしゃる。外《と》つ国の方士も存外侮《あなど》れないようだ』

嘲《あざけ》りを含《ふく》んだ声が、ひっそりと風に流れた。

『さて…。どうしましょうか。我が主はかの方士を待っておられるが…、いささか厄介《やっかい》な神将がついている。おびき出すにしても……』

闇《やみ》をまとった異邦の妖異鳴蛇は、結界に囲まれた敷地内《しきち》を探《さぐ》るような目をすると、うっそりと笑った。

『ああ、いい置き土産《みやげ》を残してくれたようですね。無様な敗者でも、それだけは賞賛に値《あたい》しますよ、窮奇』

風が怯《おび》えたように震える。

『我が主《あるじ》の狙いは別にあるが…、窮奇の選んだ贄《にえ》ならば、上質に違《ちが》いない』


子の刻に入る前に床《とこ》についた彰子は、夢を見ていた。

声がする。

――………え…

恐《おそ》ろしい声だ。あのおぞましい声が、耳にこびりついて離《はな》れない。

――……応《いら》…え…

倒《たお》されたはずだ。昌浩の手によって、神将たちの手によって、あの恐ろしい大妖は。

この声は自分の弱さが作り出している幻影《げんえい》に過ぎない。これはただの夢なのだ。

——……応え……！

その響《ひび》きは、夢とは思えないほど鮮《あざ》やかに響いた。彰子は闇の中でうずくまる。

窮奇はもういない。だからこれは、窮奇のものではない。

『……応え……。窮奇の欲《ほっ》した……贄よ……』

右手の甲《こう》に刻まれた、生涯《しょうがい》消えない傷が鈍《にぶ》く痛んだ。

どくんと、体の奥で何かが脈動しはじめる。ざわりと蠢《うごめ》き、皮膚《ひふ》の下をゆっくりと流れ出す。

不自然なほど熱いうねりが駆《か》け回り、彰子の体を縛《しば》り上げて喉《のど》をふさぐ。

『……応え……。そして、ここへ……、我が許《もと》へ……！』

横たわっていた彰子の体が大きく震える。やや置いて、血の気のまったく失《う》せた瞼《まぶた》がゆっくりと開き、焦点《しょうてん》の合わない瞳《ひとみ》が覗《のぞ》いた。

彰子はのろのろと身を起こした。音を立てないように妻戸を開き、単衣《ひとえ》のまま簀子《すのこ》に出ると、はだしで庭に降りる。傀儡《くぐつ》のような不自然な足取りで向かう先は、門だ。

門を出てしまえば、結界から抜ける。

かすかな軋《きし》みをたてながら門が開き、はだしのまま彰子は土御門《つちみかど》大路に出た。

『ようこそ。贄の娘《むすめ》よ』

満足そうに笑う鳴蛇が諸手《もろて》を広げている。彰子は感情のまったく見えない人形のような面差《おもざし》で、闇をまとった異形に歩み寄ると、そのまま糸が切れたようにくずおれた。

倒れる寸前の彰子を鳴蛇が抱《だ》きとめ、抱《かか》え上げる。

『さすがは窮奇。死してもなお、これほどの呪詛《じゅそ》とは。身のうちにそれを飼いながら、ごく普《ふ》通《つう》に生きていられるというのも不思議な話…』

不審《ふしん》げに呟《つぶや》きながら、鳴蛇は結界を顧《かえり》みた。

『…なるほど。この結界と方士の力が、この妖気《ようき》を抑《おさ》え込んでいるのですね…』

得心のいった鳴蛇はそのまま身を翻《ひるがえ》すと、闇をまとって姿を消した。

静寂《せいじゃく》が降りしきる。それを打ち破ったのは、ずっと土手の下にひそんでいた無数の小さな影だった。

「ど、どうしよう、お姫が…」

安倍邸《てい》の敷地内にはさすがにいれてもらえなかった雑鬼たちは、ならばと車之輔の許《もと》に身を寄せていたのだ。

青くなる猿鬼の隣《となり》で、一つ鬼がおろおろと言い募《つの》る。

「大変だよ、早く報《しら》せなきゃ」

「孫はあっちに行ったはずだ」

土手を駆け上がった竜鬼が朱雀大路に向けて走り出す。

「俺も行くぞ」

「俺もだ。お前たちは晴明に報せてくれっ」

仲間たちにそう告げ、猿鬼と一つ鬼も竜鬼を追った。

◇　◇　◇

それは、突然《とつぜん》の凶事《きょうじ》だった。

平和だったはずの天馬の郷《さと》。人界からはるか離れた神仙《しんせん》の住むその地。

無数の恐ろしい異形が攻《せ》め入ってきたのだ。

逃《に》げ惑《まど》う天馬たちを捕《と》らえ、貪《むさぼ》り食い、瞬《また》く間に血臭が郷の風を変えていく。

最後の天馬となった純白と漆黒《しっこく》の天馬は、小柄《こがら》な白い天馬を護《まも》るために必死で戦った。反撃《はんげき》にあうとは思っていなかったらしい妖《あやかし》たちは、天馬たちの攻撃《こうげき》に次々と倒れていった。

「逃げろ…！」

襲《おそ》い来る妖異を薙《な》ぎ倒しながら、漆黒の天馬が叫《さけ》ぶ。

「早く、いまのうちに！」

小柄な天馬は泣きながら首を振る。

「ばか！　お前だけでも逃げるんだ！」

傷を負い、純白の毛並みをまだらに染めた天馬が叱咤《しった》する。

「行け!」

「いや!」

泣きじゃくる天馬に、漆黒の天馬が笑いかける。

「行け。……すぐに、追いつく」

小柄な天馬は目を瞠《みは》り、ぽろぽろと涙《なみだ》をこぼしながら言った。

「絶対…?」

「ああ」

それはおそらく、果たされない約束になるだろう。漆黒の毛並みのおかげで隠《かく》れているが、天馬の全身には幾《いく》つもの深い傷ができている。立っているのもやっとのはずだった。

小柄な天馬はしゃくりあげながら後退《あとずさ》り、身を翻した。

それを認めた天馬たちは、ほうと息をつく。

だが、更《さら》なる絶望があることを、彼らは知らなかったのだ。

飛び立とうとした小柄な天馬は、しかし行く手を阻《はば》まれた。

『……これが…最後の天馬か…』

残忍《ざんにん》な笑《え》みが語調を彩《いろど》っている。大鷲《おおわし》の翼《つばさ》を持ったその化け物は、鋭利《えいり》な牙《きば》を剝《む》いて嗤《わら》った。

『我が糧《かて》となるがいい』

天馬は凍《い》てついたように動けなくなる。恐ろしい化け物は、彼女にじりじりと迫《せま》ってきた。

化け物があぎとを開いた。――その刹那《せつな》。

『待て、窮奇よ』

窮奇は双眸《そうぼう》をぎらりと光らせて、ゆっくりと振《ふ》り返った。

大妖の背後に、新たな化け物がいた。

天馬はかたかた震《ふる》えながら化け物たちを見つめた。怖《こわ》くて怖くて、瞼を閉じることすらできなかった。

『最後の天馬…。それは、我の糧だ』

化け物の言葉に、窮奇が怒号《どごう》した。

『戯言《たわごと》を！　これは我の糧とするのだ、貴様などに渡《わた》してなるものか…！』

吠《ほ》える窮奇の眼光を受けても、化け物はまったく怯《ひる》むことなく目を細める。

『戯言とは…貴様の吐《は》いたそれを言うのだ、窮奇』

大鷲の翼が音を立てて広がる。

ふたつの咆哮《ほうこう》がその場に轟《とどろ》いた。

身体《からだ》を引きずるようにして足を進めていた二頭の天馬は、恐ろしい光景を見た。

小柄な天馬を捕らえる、四枚の翼を持った巨大《きょだい》な蛇がいる。その前で血みどろの戦いを繰《く》り広げている、二匹《ひき》の恐ろしい妖気を放つ化け物。

「あれは……！」

絶句する白い天馬に気づき、小柄な天馬は泣き叫んだ。

「兄さん、越影、助けて――……！」

翼を持った蛇がにたりと嗤う。天馬を捕らえたまま、蛇は音もなく飛翔《ひしょう》する。

「踰輝…！」

追おうとする天馬たちに、甚大《じんだい》な妖力が叩《たた》きつけられた。

撥《は》ね飛ばされる天馬たちの耳に、恐ろしい声が突《つ》き刺《さ》さる。

『窮奇よ、あの天馬たちを貴様にくれてやろう。我はあの小さな天馬をもらう。行くぞ、鳴蛇』

窮奇を叩き伏《ふ》せた化け物が、翼を広げて空に翔《か》けあがる。身を起こした窮奇は怒《いか》りに身を震わせながら唸《うな》っていたが、やがて天馬たちを顧みた。

大鷲の翼が怒りをあらわすように羽ばたく。

漆黒の天馬は懸命《けんめい》に身を起こした。

「翻羽、翻羽、立て…！」

いまは、ここから逃《のが》れるしかない。

「おのれ…！」

悔《くや》しさに身を震わせながら、翻羽は飛翔した。越影が残る力を振り絞《しぼ》り、飛びかかってきた窮奇を弾《はじ》き飛ばす。だが、それ以上の攻撃はできなかった。

二頭の天馬はよろめきながら天を翔けた。白い天馬ががくりと高度を落とす。

「翻羽！」

「…っ、大丈夫《だいじょうぶ》だ…！　俺のことより、踰輝を…！」

大事な、何よりも大事な妹を。

うめく翻羽に越影は頷《うなず》いた。

「ああ…。踰輝、待っていろ、必ず…！」

行くから。

俺たちふたりで、お前を救いに。

何があっても、必ずお前を救い出すから。

◇　◇　◇

涙がこぼれた。
頬《ほお》に伝う冷たさが、彰子の意識を覚醒《かくせい》させる。
声が聞こえる。
――助けて
悲しい声。恐《おそ》ろしくて、怯《おび》えて、すくんで、それでも。
――助けて。兄さん、ああ、もうだめ…
何度も何度も繰り返した。
――助けて…、兄さん、越影、助け…て…
それが、最後のか細い悲鳴。
自分を捕らえる蛇《へび》の鱗《うろこ》、逃れられない冷たさ。そして、眼前に迫った鋭利な牙。
あの恐ろしい、化け物――――。
「……っ！」
引き攣《つ》ったように息を呑《の》み、彰子は瞼《まぶた》を開ける。
妖気《ようき》を感じた。あまりにも強大で恐ろしい、あの妖異《ようい》の。

否《いな》。彰子の本能が違《ちが》うと訴《うった》える。身の内にひそんだ異邦《いほう》の大妖窮奇によく似た、だが、まったく別の妖気が自分を捉《とら》えている。

めぐらせた視界に映るのは、安倍邸《てい》で自分が使っている部屋ではない。

木々に囲まれた場所。いずこかの山の中か。

彰子はのろのろと身を起こした。その耳に、笑みを含《ふく》んだ声音《こわね》が突き刺さる。

『お目覚めですか？』

「……っ！」

すぐ近くに青年がたたずんでいたことに気づかなかった。

『私は鳴蛇と申します。どうぞお見知りおきを』

その名に聞き覚えがある。夢の中で天馬を捉えていた、翼を持った蛇がそう呼ばれてはいなかったか。

息を詰《つ》める彰子の前に膝《ひざ》を折り、鳴蛇は気遣《きづか》うような面持《おもも》ちを見せた。

『ああ、ひどい顔をされていますねぇ。ですが、案ずることはありませんよ――――。恐怖《きょうふ》など、すぐに感じなくなる』

戦慄《せんりつ》が、彰子の背を駆《か》け下りた。慄《ふる》えが全身を支配する。鳴蛇を見返した彰子は、その背後にもうひとつの闇《やみ》があることに気がついた。

甚大な妖力を闇の檻《おり》の中にひそませた、恐ろしい化け物がいる。

どうしてなのか、彰子にはその姿が見えた。もしかしたら、彰子の中にある大妖の呪詛《じゅそ》が、それを見せたのかもしれなかった。

凍《こお》りつく彰子に、化け物が口を開いた。

『……我の糧となるのだ、娘《むすめ》よ…！』

唸りが木霊《こだま》する。彰子はくらりと目眩《めまい》を覚えた。そのままくずおれた彰子の鼻先を、よく知る香《かお》りがくすぐったような気がした。

恐怖で身体が動かない。かすかに漂《ただよ》う香り。これはなんだったのだろう。

《……け…て…》

かすかな、本当にかすかな啜《すす》り泣きが、耳の奥に聞こえた気がした。


朱雀大路にたどり着いた昌浩は、ふいに足を止めて目を見開いた。

鼓動《こどう》が跳《は》ね上がる。どくどくと大きな音を立てて疾走《しっそう》している。

思わず胸に手を当てて、昌浩は視線を走らせた。

「どうした？」

併走《へいそう》していた物《もの》の怪《け》が胡乱《うろん》に問うてくる。昌浩は曖昧《あいまい》に返事をしながら、さかんに辺りを見回した。

怪訝《けげん》な顔の勾陣が、ふと後方を振《ふ》り返る。小さな影《かげ》が三つ、近づいてきた。

「あれは…」

勾陣の声に引かれて肩越《かたご》しに顧《かえり》みた物の怪と昌浩は、駆け寄ってくる雑鬼たちに目を丸くした。

「孫――――！」

猿鬼の叫《さけ》びに、昌浩が半眼になる。

「孫言うな！」

怒鳴《どな》り返した昌浩に、一つ鬼と竜鬼が訴える。

「それどころじゃないんだよ、孫！」

「大変なんだよ、お姫《ひめ》が！」

駆け寄ってくる雑鬼たちを蹴《け》り飛ばしてくれようと待ち構えていた昌浩は、息を詰めた。

「え…？」

一方、眠《ねむ》っていた晴明は、大音声《だいおんじょう》に叩き起こされた。

「せ――――いめ――――いっ！」

幾《いく》つもの声が重なり合って、やかましいことこの上ない。

晴明の部屋の簀子《すのこ》に顕現《けんげん》した太陰が、彼らに負けない怒号《どごう》を張り上げた。

「うるさいわよ雑鬼たちっ！　こんな夜中に迷惑《めいわく》だってことがわからないの⁉」

ぎゃんぎゃんと怒鳴られて、塀《へい》の向こうでぴょんぴょんと飛び跳ねていた雑鬼たちは寄り集まって縮こまる。たとえ小さな形《なり》をしていても、十二神将が本気で怒ったら自分たちなどあっという間に滅《めっ》せられてしまうのだ。

「で、でもぉ…」

五重塔《ごじゅうのとう》のように重なって塀の上に顔を出した雑鬼が、おずおずと口を開く。

「なによっ！　これ以上晴明の安眠妨害《あんみんぼうがい》したら許さないわよっ！」

彼女の隣《となり》に顕現した白虎が、半ば呆《あき》れた目をしている。私見だが、どう聞いても太陰の怒鳴り声のほうが近い分安眠妨害だと思われる。

玄武がこの場にいたらそう口にしていただろうが、賢明《けんめい》な白虎はそれを胸のうちに留《とど》めた。

「…太陰、何を騒《さわ》いどるんだ」

騒ぎを聞きつけた晴明が、単衣《ひとえ》の上に袿《うちぎ》を羽織って顔を出した。冬のさなかなので風が冷たく、冷え込みが厳しい。

「晴明！　ほら見なさい、起きちゃったじゃない！」

実は、吉平の許《もと》に向かった青龍と天后から、行きがけに、晴明がひとりで出歩かないように見張っておけときつく言い渡《わた》された太陰なのである。責任は重大だ。

さらに、雑鬼たちはいつも厄介《やっかい》ごとを持ってくるので、奴《やつ》らの言には決して耳を貸すなと厳命されてもいるのだった。

かくまってくれよとやってきた雑鬼たちを、頑《がん》として敷地《しきち》内に入れなかったのも青龍と天后なのである。あのふたりに睨《にら》まれた雑鬼たちは、粘《ねば》ることもできずにすごすごと引き下がり、車之輔のいる戻《もど》り橋の袂《たもと》に向かったのだ。

五重塔のてっぺんになっている雑鬼が、必死で訴えてきた。

「大変なんだよ、お姫が、藤原のお姫が！」

「なに？」

怪訝に眉《まゆ》を寄せた晴明は、太陰に目配せをした。いくら老人とは言え、彰子の部屋を無断で覗《のぞ》くのははばかられる。

察した太陰が、晴明の部屋の隣にある彰子の部屋に外から回って行き、すぐさま血相を変えて戻ってきた。

「晴明、彰子姫がいないわ！」

「なに⁉」

「妻戸が開いてて、中に入ったらいなかったの。茵《しとね》に触《さわ》ってみたけど、ぬくもりも残ってない」

ということは、姿を消してからだいぶ経《た》っているということだ。

青くなる晴明に、雑鬼たちが口々に訴えた。

「おっかない奴が、お姫をどうやってかおびき出したんだよ」

「ええと、確か、窮奇がなんとかとか、置き土産《みやげ》がどうのとか、言ってた」

「あと、奴の狙《ねら》いは、お姫じゃないような感じがしたぞ」

「あ、そうそう。あいつの主人は、方士を待っているとか何とか」

晴明は瞠目《どうもく》した。いままでばらばらだった情報が、その瞬間《しゅんかん》一本の線上にぴたりと並ぶ。舌打ちしたい衝動《しょうどう》に駆られた。

「ぬかった…！」

「晴明、それは…」

訝《いぶか》る白虎に、晴明は苛立《いらだ》ちを隠《かく》せない様子で早口で答えた。

「奴らの最終的な目的は、彰子様ではなく昌浩だ」

異邦《いほう》の妖異《ようい》が狙っていたのは、見鬼《けんき》の才を持つ者。見鬼の才を持っていた、襲《おそ》われた貴族たち。相手は強大な力を持った異邦の妖異。

反撃《はんげき》する力もほとんどないような者たちが、それでも殺されなかったのはなぜだ。

事態を知った昌浩が、出てくるのを待つためではないのか。

「彰子様は昌浩をおびき出すための囮《おとり》だ」

驚《おどろ》いた太陰が息を呑《の》む。晴明の目線にあわせるようにふわりと浮《う》き上がり、でも、と言い募《つの》った。

「どうやって姫を連れ去ったのよ。晴明だけじゃなくてわたしたちだっていたのよ。それに、この邸《やしき》は結界に覆《おお》われてるんだもの、それを破らない限り手出しなんてできないわ」

まくし立てる太陰の肩を白虎が摑《つか》む。

「太陰、落ちつけ」

「だって！」

なだめるような手つきで太陰の頭を撫《な》でながら、晴明は口を開いた。

「わしにも、お前たちにも気づかれぬように、おそらく異邦の妖異は彰子様の中にある呪詛を利用したのだ。夕方窮奇に遭遇《そうぐう》して、彰子様ご自身もひどく動揺《どうよう》されていた」

「どうして、そんなことを……」

困惑《こんわく》する太陰を一瞥《いちべつ》し、晴明は身を翻《ひるがえ》した。

「自分たちの許に昌浩が自ら来るように仕向けるためだろう」

晴明の脳裏《のうり》を、漆黒《しっこく》の窮奇の姿がよぎる。

——彼奴《きやつ》が……貴様たちを……

彰子をさらった妖《あやかし》。その背後に、別の脅威《きょうい》がある。

「昌浩を狙っている化け物がいる。それがなんなのかはまだわからんが…」

いまは、一刻も早く、彰子の行方《ゆくえ》を突《つ》き止めなければ。たとえ囮といえど、彰子自身が妖異の贄《にえ》たるに相応《ふさわ》しい霊力《れいりょく》を持っていることには変わりがない。

その瞬間。

晴れた夜空に、稲妻《いなずま》が駆《か》け抜《ぬ》けた。

晴明ははっと空を振り仰《あお》ぐ。北方の夜空に再び閃光《せんこう》が駆け抜け、長大な龍身を映し出した。

太陰と白虎が茫然《ぼうぜん》と瞬《まば》きをする。

「……こんなときに…なに…？」

晴明は、悪態をつきそうになるのを理性で抑《おさ》えた。

貴船の祭神の召請《しょうせい》を受けながら、それを拒《こば》むことは許されないのだ。

「……致《いた》し方ない」

それでも、どうしても気が治まらず、老人は小さく舌打ちした。

雑鬼たちから報《しら》せを受けた昌浩は、すぐさま駆け出そうとして物《もの》の怪《け》に止められた。

「待て、昌浩」

「なんで⁉」

声を荒《あら》げる昌浩に、勾陣が立ちはだかる。

「妖異と姫《ひめ》の行く先もわかっていないのに、どこに行くつもりなんだ」

「……っ、それは……」

言葉がつづかない。昌浩はうなだれて、拳《こぶし》を握《にぎ》り締《し》めた。

彰子に危険が迫《せま》っている。なのに、自分は何をやっているのだろう。術《すべ》がない。手がかりがひとつもない。連れ去ったという妖異はどこに行った。何のために連れ去った。

それだけははっきりしている。彰子を贄にするためだ。あの窮奇にも狙われるほど、彼女の力は凄《すさ》まじいのだ。

「……じい様、だったら……」

肩《かた》を震《ふる》わせてうつむいた昌浩のうめきに、物の怪と勾陣ははっとした。

悔《くや》しさと憤《いきどお》りがない交ぜになった昌浩の瞳《ひとみ》が、激情をはらんで揺《ゆ》れる。

「じい様だったら、絶対こんなふうにはならなかった。何があっても、彰子を危険な目になんか、あわせなくて。……こんなふうに、なんにもできないなんてこと、なくて……！」

「昌浩…」

「俺……なんにも、できてない……！」

いつもいつも口ばかりで、肝心《かんじん》なときには無力さだけをさらけだして。

かける言葉を探す勾陣を目で制し、物の怪が一歩前に出た。

うつむいた昌浩を、夕焼けの瞳がまっすぐに見上げる。

「────本当に、そうか？」

「え……」

自分を見つめてくる瞳は、一片《いっぺん》の曇《くも》りもなく、あの夕焼けをそのままとかしこんだ深い色をしていた。

夕焼けの瞳。いつもいつも、昌浩を見守っていた。すべてを、昌浩の隣《となり》でつぶさに見つづけていた、唯一《ゆいいつ》の瞳だ。

「本当に、お前は何もできなかったのか？　お前は、自分が成し遂《と》げてきたすべてを、ここでそうやって否定するのか？」

「もっ…くん…」

言い差す昌浩に、物の怪は畳《たた》みかけた。

「東三条殿で、蛮蛮から彰子を護《まも》ったのは誰だ？　あの貴船で、鶚と鵕の手から彰子を救い出し、俺の炎《ほのお》を鎮《しず》めたのは誰だ？　彰子にかけられた呪詛《じゅそ》を、苦しみを、痛みを、その身に受けたのは誰だ？」

物の怪の声が、少しずつ感情を帯びて激しくなっていく。

「二度と帰れないことを覚悟《かくご》して、あの戦いに臨《のぞ》んだのは誰だ？　我が身を犠牲《ぎせい》に命と引き換《か》えの術で、あの窮奇を倒《たお》したのは誰だ⁉」

物の怪が目を細める。その額を飾《かざ》る花のような模様が、仄《ほの》かな光を放っていた。

「俺は全部見ていた。やり遂げたのはお前だろう！　稀代《きたい》の大陰陽師《だいおんみょうじ》じゃない、まだまだ半人前で、それでもがむしゃらに突き進んで、彰子の天命をすら変えたのは、お前だろう、昌浩！」

いつもいつも、前だけをまっすぐに見つめて。

かなわない想《おも》いを胸の奥に秘《ひ》めて、彼女とかわした約束のために。

あの僅《わず》かな日々の中で、最後になるはずだった約束を果たすために。

命をかけようとまでしたその意志を、否定することなど許さない。

「そんなことを、言うな。お前は、晴明を超《こ》えるんだろう？　あの背中を超えると、誓《ちか》っただろう？」

物の怪の瞳の奥にあるのは、昌浩が過ごしてきた日々と、成し遂げてきたたくさんのこと。

昌浩の耳の奥に、聞こえた声がある。

――俺は大陰陽師になるんだから、お前はそれを見届けろ！

それは、いつかの日に、昌浩が言った言葉だ。

ぎりぎりまで追い詰《つ》められて、それでも屈《くっ》することを選ばなかった自分が、自分自身に向けた誓いだ。

「何もできていないと思うなら、これからやればいい。まだ終わりじゃない。だってお前はいま、立ち止まったまま動いていない」

昌浩の背筋がのびる。天を仰いで、昌浩は深呼吸をした。

約束を、した。護ると。

それを果たすのは、ほかの誰でもない、自分だ。

「………ん。うん。ごめん、もっくん。俺、すごく大事なこと、忘れてた」

物の怪の尻尾《しっぽ》が鮮《あざ》やかに揺れる。夕焼けの瞳がすがめられた。

「ったく…。しっかりしてくれよ、晴明の孫よ」

「…っ、孫、言うな…！」

ふたりのやり取りをずっと見守っていた勾陣は、小さく微笑《びしょう》して肩をすくめた。

安倍晴明とて、何度も何度も自分の無力さを嘆《なげ》き、打ちひしがれて、天を仰いだのだ。

それらの日々があるから、いまの晴明がいるのだということを、十二神将たちは知っている。

いつかあの背を超すのだろう。十二神将騰蛇が、これが唯一の後継《こうけい》だと断じたこの子どもが。

それを見届けるのも、悪くない。

ふいに、風が変わった。

昌浩ははっと視線を滑《すべ》らせる。

それまで誰もいなかったはずの柳《やなぎ》の木の下に、青年がたたずんでいた。

「鳴蛇…！」

身構える物の怪と勾陣を黙殺《もくさつ》して、鳴蛇は昌浩にうやうやしく頭を下げる。

『我が主《あるじ》の言伝《ことづて》をお持ちしました』

「言伝？」

作り物めいた笑《え》みをうっすらと浮《う》かべながら、鳴蛇は頷《うなず》く。

『はい。娘《むすめ》は我が手の内に。返してほしくば、かの山に、と』

ついと鳴蛇が指差したのは、都の東方にそびえる山々のひとつ。

「大文字山《だいもんじ》、か…」

剣呑《けんのん》に唸《うな》る物の怪を一瞥し、鳴蛇は冷たく言い放った。

『方士おひとりで…と申し上げても、聞く耳はお持ちでないようですね』

物の怪と勾陣が同時に地を蹴《け》る。鳴蛇の姿は忽然《こつぜん》と消えた。

鳴蛇の残像に、勾陣の筆架叉《ひっかさ》が叩《たた》き込まれる。だが、手ごたえはなかった。

「影《かげ》のみ、か…」

ちっと舌打ちし、物の怪は昌浩を振《ふ》り返った。

「どうする、昌浩」

昌浩は毅然《きぜん》と顔をあげた。

「行くに決まってる…！」

9

離魂《りこん》の術を用いて年若い姿を取った晴明は、貴船山の本宮跡地《ほんみやあとち》にある船形岩の前にいた。彼の傍《かたわ》らには十二神将太陰と白虎が控《ひか》えている。

白虎の風に乗り、晴明たちが貴船に到着《とうちゃく》したのはつい先刻だ。

やがて、本宮の上空に清冽《せいれつ》な神気が出現し、船形岩に降り立った。光り輝《かがや》く龍身《りゅうしん》が、瞬《また》く間に人身に転じる。

片膝《かたひざ》を立てて腰《こし》を下ろした貴船の祭神 高龗神《たかおかみのかみ》は、その美貌《びぼう》に涼《すず》やかな笑みを乗せた。

「久しいな、安倍晴明よ」

晴明は黙然《もくぜん》と頭を下げる。

「お前も既《すで》に察していようが、異邦《いほう》の妖異《ようい》どもが再びこの国に訪《おとず》れた。彼奴《きやつ》らの狙《ねら》いは…」

「おそれながら…。我が孫ではないかと」

高龗神は面白《おもしろ》そうに目を細めた。

「ほう、そう思うのか。まぁ、間違《まちが》ってはいないな。異邦の大妖窮奇の軌跡《きせき》を追ってきた妖《あやかし》は、どうやら奴と縁《えにし》深きもの」

驚愕《きょうがく》のあまり言葉を失う晴明に、貴船の祭神は厳《おごそ》かに告げる。

「身をひそめるまでの僅かの間に、この高淤《たかお》の許に届いた妖気がそれを伝えた。……もっとも、それ以上のことはわからない」

晴明は瞬《まばた》きをして、口を開いた。

「……僭越《せんえつ》ながら、神よ」

瑠璃《るり》の双眸《そうぼう》が晴明を促《うなが》す。

「もしかして、それを私に報《しら》せるために、呼ばれたのでしょうか」

貴船の祭神はにやりと笑った。

「半分違うな。私が伝えようと思ったのは、お前ではなく、お前の孫だ」

「それは……」

女神《めがみ》は優雅《ゆうが》に立ち上がった。

「あれに伝えておけ。もしお前が再び乞《こ》うならば、この神はいま一度力を貸してやろう、とな」

目を細める高龗神の姿が燐光《りんこう》に包まれていく。

「異邦の妖異が相手とあらば、我が手が必要なときもあるだろうさ……」

荘厳《そうごん》な風の中に消えた龍神を追うようにしていた晴明の耳に、驚《おどろ》きを隠《かく》さない太陰の呟《つぶや》きが忍《しの》び込んだ。

「あの気まぐれな神が自分からあんなことを言い出すなんて……」

晴明は苦笑《くしょう》した。

「まったくだ。本当に、大したものだよ」

薄《うす》く笑みを浮かべる晴明の瞳《ひとみ》は、孫の成長を喜んでいる老人のそれだ。そこに、昌浩の前では決して見せようとしない愛情があるのを、太陰と白虎は見た。

晴明は頭《かぶり》をひとつ振ると、白虎に向き直った。

「白虎。窮奇に似ているという妖気の軌跡、風読みで追えるか」

風の中にひそんでいる気配を探《さぐ》り、化け物の居場所を突《つ》き止めるのだ。窮奇に匹敵《ひってき》するほどの妖の気配ならば、そうそう容易《たやす》く消えることはないはずだ。

白虎の面差《おもざ》しに険が宿る。

「時間が経ちすぎているが……やってみよう」

晴明は太陰を顧《かえり》みた。

「太陰。昌浩の許《もと》へ行ってくれ」

「え……」

少女の顔が強張《こわば》る。彼女は、物《もの》の怪《け》の本性《ほんしょう》である騰蛇を恐《おそ》れているのだ。晴明もそれを知っていたが、いまはそれを慮《おもんぱか》ってやれるだけの時間の余裕《よゆう》はなかった。

「頼《たの》む。化け物がどこにいるにしても、風で移動しなければならないだろう」

太陰は泣きそうに顔を歪《ゆが》めて、助けを求めるように白虎を見た。白虎としても彼女の気持ちは痛いほど理解できるのだが、今回ばかりは助け船を出すわけには行かなかった。

「太陰」

「……っ、わ、かった…」

白虎の代わりに自分が風読みをすればいいのだが、いかんせん太陰は風読みが苦手なのだ。消えかけている化け物の気配を探るのは、彼女には荷が勝ちすぎる。

「すまない」

気遣《きづか》わしげな顔をする晴明に、無理やり作った笑みを向ける。

「晴明はいつも、命令じゃなくて頼んでくるんだもの。そしたら、きかないわけにはいかないじゃない」

小柄《こがら》な神将は、風をまとって空に翔《か》けあがった。

昌浩とともに、朱雀大路から二条大路に入り、まっすぐ東方に向けて疾走《しっそう》していた勾陣は、同胞《どうほう》の神気をはらんだ風を感じて視線を走らせた。

十二神将太陰が、勾陣たちに気づいて滑空《かっくう》してくる。

「太陰」

勾陣の声に、昌浩と物の怪も空を仰《あお》ぐ。物の怪と視線が合った太陰は、一転上昇《じょうしょう》しかかった。が、気力で自分を抑《おさ》え、物の怪からなるべく遠い場所に舞《ま》い降りてくる。

彼女の心情がわかるので、勾陣は物の怪を摑《つか》まえて距離《きょり》をとった。

「おい、勾」

「仕方がないだろう」

物の怪は気分を害した顔をしたが、それ以上は何も言わなかった。いまは些細《ささい》な問答をしている場合ではないのだ。

「太陰、どうしたんだ」

昌浩と視線を合わせられる位置に浮《う》いている太陰は、北方の貴船を顧みた。

「晴明に、昌浩たちのところに行ってくれ、て頼まれたのよ」

「じい様が……」

思わず北方を見はるかし、昌浩は感嘆《かんたん》した。本当に、あの祖父は千里眼だ。もう人間ではないと思う。あれはたぬきの変化《へんげ》だという自分の考えの正しさをここで証明されたような気分にすらなってきた。

埒《らち》もない思考を頭の片《かた》すみに追いやり、昌浩は東方の山を指した。

「太陰、俺たちを大文字山に運んでくれ」

「え？」

訝《いぶか》る太陰に昌浩はつづけた。

「あの山に、鳴蛇と彰子がいるんだ」

太陰は息を呑《の》んだ。

「わかった」

彼女が頷《うなず》くと同時に、一同を突風《とっぷう》が取り囲む。

「最速で行くわよ、覚悟《かくご》して！」

念のため発した警告は、風の唸《うな》りに呑まれて昌浩の耳には届かなかった。

風読みをしていた白虎の耳に、風を介《かい》した同胞の声が忍び込む。
《——白虎》
壮年《そうねん》の神将は目をしばたたかせた。
《どうした》
《彰子姫《ひめ》の居所がわかったわ。大文字山だそうよ》
《なに？　どういうことだ？》

《異邦の妖異《ようい》鳴蛇が、昌浩たちにわざわざ報せにきたんですって》
《それは…》
言葉に詰《つ》まる白虎に、太陰は諒解《りょうかい》していると言いたげな口調でつづけた。
《明らかに罠《わな》よ。でも……》
行かなければ、彰子の命が危《あや》うくなる。昌浩が選ぶ道はひとつしかない。
《このこと、晴明に》
《ああ、気をつけろ》
《うん》
それで、風が立ち消え通話が途切《とぎ》れる。
白虎は息をつき、傍《かたわ》らで見守っていた青年に向き直った。
「晴明、太陰の風が伝えてきた――」

◆　◆　◆

声がしたと、思った。

――助けて…

翻羽ははっと息を呑んだ。

「踰輝……？」

純白の天馬が発した呟きを聞き、漆黒《しっこく》の天馬が立ち上がる。

彼の耳にも、同じ声が届いていた。

「踰輝、踰輝の声が……」

あの日、恐ろしい妖《あやかし》に連れ去られた小柄な天馬の姿は、いまも彼らの瞼《まぶた》の裏にこびりついている。

どれほど怖《こわ》かっただろう。華奢《きゃしゃ》で、天馬の中でも小柄だったあの少女は、天馬の郷《さと》をひとりで出たことすらなかったのだ。遠出をするときはいつも、翻羽か越影が一緒《いっしょ》で。

それが、海を越《こ》えたこんな異国の地に連れてこられて、恐ろしい化け物とともに在る。

泣いているだろう。怯《おび》えて、恐れて。きっとずっと泣いている。

「行くぞ、越影」

翼《つばさ》を広げた翻羽に、越影は頷いた。

「ああ」

◆　◆　◆

大文字山の山頂付近。木々の連なる峰《みね》の一角に、鳴蛇はたたずんでいた。

今宵《こよい》は雲が天を覆《おお》い、星も月もなく、彼らの姿を隠《かく》してくれる。

『……さて』

振《ふ》り返り、鳴蛇は冷たく微笑《ほほえ》んだ。

『方士はなんとしてもここまでやってくるでしょう。そうなれば、あなたは用済み』

木の幹に背を押しつけてうずくまっていた彰子は、びくりと肩《かた》を震《ふる》わせる。

「……っ……」

喉《のど》から迸《ほとばし》りそうになる悲鳴を懸命《けんめい》に押し殺しながら、彰子は胸の中でずっと繰《く》り返していた。

助けて。助けて。昌浩、助けて。

来てくれる。昌浩は、必ず。だって約束をした。護《まも》ってくれると言ってくれた。その言葉を信じている。

恐怖《きょうふ》に萎縮《いしゅく》する気力を振り絞《しぼ》り、彰子は口を開いた。

「……なんの…ために、こんな…」

目頭《めがしら》が熱くなる。なぜ涙《なみだ》が出るのか、たくさんの理由があるはずなのだが、もうわからない。

鳴蛇は軽く肩をすくめて手を広げた。

『ほう、好奇心旺盛《こうきしんおうせい》なのですね。あと幾《いく》ばくもない命だというのに、そんなことを知りたがるとは』

ずいと彰子に顔を近づけて、鳴蛇は冷え冷えと笑った。

『理由? 我が主《あるじ》がかの方士の力を欲《ほっ》しておられるからですよ。あの窮奇を倒《たお》した方士。それを贄《にえ》とすれば、さらに強大な妖力を得ることがかなうはず、と』

冷たい指が彰子の首にかかる。

『そして、あなたも窮奇が贄に欲した娘《むすめ》。主の為《ため》にここまで尽力《じんりょく》したのです、そんなあなたの肉の一欠片《ひとかけら》、血の数滴《すうてき》を私が褒美《ほうび》にいただくのは、理にかなったことだと思いませんか?』

鳴蛇の唇《くちびる》の奥に、二股《ふたまた》に割れた細い舌がちろちろと覗《のぞ》いた。

彰子の瞳《ひとみ》が凍《こお》りつく。

『どんな味なのでしょうねぇ、あなたの肉は、血は。いまから楽しみで仕方がない…』

生臭《なまぐさ》い吐息《といき》がかかる。彰子は思わず顔を背《そむ》けた。

「……まさ…ひろ……!」

刹那《せつな》。

風が唸り、ふたつの影《かげ》が飛来した。

鳴蛇ははっと顔をあげ、忌々《いまいま》しげに舌打ちをする。

『天馬…！』

目を見開いた彰子が視線を走らせる。

闇《やみ》の中で、何も見えないはずなのに。彰子の目には、二頭の天馬が映った。

漆黒の天馬が降り立つと同時に転身し、鳴蛇に躍《おど》りかかる。

「踰輝に手を出すな…！」

迸る妖力が鳴蛇を吹《ふ》き飛ばしたかに見えた。が、鳴蛇は中空で身体《からだ》を回転させ、滞空《たいくう》したまま天馬たちを見下ろした。

純白の天馬が転身し、憎悪《ぞうお》の目で鳴蛇を睨《にら》んだ。

「鳴蛇よ！　奴《やつ》は、どこだ⁉　貴様とともに踰輝をさらった、あの…！」

踰輝、と。天馬たちがその名を呼ぶたびに、彰子の胸が鼓動《こどう》を刻む。胸を押さえて荒《あら》い呼吸を繰り返す彰子に、片膝《かたひざ》をついた越影が手をのばしてきた。

「踰輝…踰輝、そこにいるのか…？」

彰子は必死で顔をあげ、のろのろと首を振った。

「違《ちが》う…、私は…踰輝じゃ、ない……」

踰輝は、天馬だ。恐《おそ》ろしい妖異に襲《おそ》われて、連れ去られて、そして、そして。

越影は訝《いぶか》るように目を細めて、彰子を凝視《ぎょうし》した。そうして、ふいに瞠目《どうもく》する。

「……魂《たましい》の色が、似ているのか…！」

あの華奢な少女に転身する小柄《こがら》な天馬と、見紛《みまが》うほどに。

彰子の脳裏《のうり》を駆《か》け抜《ぬ》けた光景がある。

引きちぎられた翼。飛び散る血飛沫《ちしぶき》。喉に食《く》らいつく牙、かすむ視界に見えた、あの恐ろしい眼《まなこ》。

「……踰輝は……もう……」

彰子の目から、涙がこぼれた。

怖い、怖い。助けて。助けて。兄さん、越影、助けて。助け…て…――――。

彰子の膝《ひざ》の上に、ぱさりと何かが落ちる。

涙で濡《ぬ》れた瞳を滑《すべ》らせると、それは匂《にお》い袋《ぶくろ》だった。

結《ゆ》わえつけられた革《かわ》ひもはちぎれて、短くなっている。奪われたと言っていた、あの。

伽羅《きやら》の香《かお》りが風に乗る。鼻先をくすぐる香り。

夢を見たときにも、同じ香りがした。

「踰輝…では、どこに……」

言葉を失う越影の肩《かた》越《ご》しに、彰子は大きな闇を見た。

どうして暗闇の中で、自分はすべてが見えるのだろう。

伽羅の香りが広がる。鼓動が鳴り止《や》まない。何かを訴《うった》えるように、激しく、強く。

彰子は瞠目した。この鼓動は、自分のものではない。

突《つ》き動かすように心を揺《ゆ》さぶっているのは、それは。

殺されてしまった天馬の、魂の悲鳴。

『……目障《めざわ》りな、天馬ども』

闇が大きくふくらむ。

越影は身を翻し、激情のままに叫《さけ》んだ。

「そこか、嶺奇《りょうき》――――！」

まとっていた闇が瞬時《しゅんじ》に拡散する。

虎《とら》の四肢《しし》に大鷲《おおわし》の翼を具《そな》えた異《い》邦《ほう》の大妖《だいよう》が、激しい妖気《ようき》を放っている。

彰子の身の内で、窮奇の呪詛《じゅそ》が蠢《うごめ》きだす。

――……おのれ…

耳の奥に、あの恐ろしい唸《うな》りが響《ひび》いた。先ほどまでとはまったく違ううねりが、心臓を叩《たた》いて全身を駆けめぐる。

戦慄《せんりつ》に囚《とら》われた彰子の、蒼白《そうはく》になった面持《おもも》ちを眺《なが》めやり、大妖は地を這《は》うような声を発した。

『娘…、恐ろしいか……』

大妖が嗤《わら》う。

「…窮奇…どう…して…」

息も絶え絶えに呟《つぶや》く彰子に、越影が答えた。

「あれは、窮奇ではない。窮奇と血を分けた化け物、嶺奇だ」

ざわざわと、彰子の身の内の呪詛が騒《さわ》ぎ立てる。その中に在る、激しい憎悪と凄《すさ》まじい怨嗟《えんさ》。

窮奇とそっくりの化け物は、喉の奥を鳴らした。

『窮奇。無力な人間風情《ふぜい》に倒された、無様な輩《やから》。我にかなわぬと知り、この身を大岩に封《ふう》じた愚《おろ》かもの』

嶺奇の脳裏に、あの瞬間《しゅんかん》の忌《い》まわしい記憶《きおく》が甦《よみがえ》る。

——嶺奇よ、貴様の身体は我の命が尽《つ》きる時まで解き放たれることはない
——おのれ…、おのれぇぇぇ…！

——いくら猛《たけ》り狂《くる》おうと、貴様に我の戒《いまし》めを解くことはできまいよ
嶺奇はにぃと嗤った。

びりびりと、空気が振動《しんどう》する。嶺奇の放つ妖気が広がり、肌《はだ》を刺《さ》すようだ。

『だが、だが窮奇。人間風情に殺されるほどお前が弱かったおかげで、我は自由を得たよ。なぁ窮奇よ、お前を倒した人間、我が喰《く》ろうてやろう。お前の代わりになぁ……！』

嶺奇の唸りが轟《とどろ》く。それまで闇の中で蓄《たくわ》えられていた妖力が爆発《ばくはつ》した。

『天馬よ、そして娘よ！　ちょうどいい、我が糧《かて》となれ！』

咆哮《ほうこう》する嶺奇の妖力から、越影はその身を挺《てい》して彰子をかばった。

「どうして…⁉」

越影は答えない。嶺奇の翼《つばさ》が大きく羽ばたく。雄叫《おたけ》びが木霊《こだま》し、妖気の嵐《あらし》が吹き荒《あ》れた。

「越影！」

翻羽が越影の許《もと》に向かおうとするのを、鳴蛇が阻《はば》んだ。

『嶺奇様の邪魔《じゃま》はさせませんよ！　死になさい、天馬！』

鳴蛇の妖気が飛礫《つぶて》となって翻羽に襲いかかる。身にまとう衣《ころも》が裂《さ》け、見る間に赤い飛沫が散りはじめた。

「くそ…っ、一族の…仇《かたき》め…！」

平和に暮らしていた天馬たちを、窮奇と嶺奇が滅《ほろ》ぼした。鳴蛇のこの技《わざ》で全身蜂《はち》の巣《す》のようになって倒れていった仲間たちの姿が目の奥に焼きついている。

『脆弱《ぜいじゃく》な天馬。だが、妖力は強く、肉の味もいい。嶺奇様だけでなく、我らも存分に堪能《たんのう》させていただきましたよ』

翻羽と、嶺奇の妖気を必死に防いでいた越影は、愕然《がくぜん》と瞠目した。

急襲《きゅうしゅう》されて以来、ふたりは一度も郷《さと》に戻《もど》っていない。それでも、いつかは同胞《どうほう》たちの亡骸《なきがら》を葬《ほうむ》ってやらなければと思っていた。

翻羽の瞳《ひとみ》が震《ふる》える。

「まさか…みんな……」

鳴蛇の、二股《ふたまた》の細い舌が、青白い唇《くちびる》を舐《な》めた。

『残るは貴様たちだけよ……！』

嶺奇の咆哮が天地に響く。激しい嵐を叩きつけられ、翻羽が大きく撥《は》ね飛ばされた。

「翻羽！」

越影の気が一瞬逸《そ》れる。その隙《すき》をつき、嶺奇が突進《とっしん》してきた。

彰子の頬《ほお》を羽ばたきの起こした気流が叩く。目を閉じることも背《そむ》けることもできない。

『まずはお前だ、娘《むすめ》――――！』

迫《せま》りくる嶺奇の姿に、小柄な白い天馬の姿が重なって見えた。そして、顔を覆《おお》って泣いている華奢《きゃしゃ》な少女が。

あれは。

「踰輝……」

呟きが風の唸りに掻《か》き消され、刃《やいば》のような牙《きば》と、鋭利《えいり》な歯列を具えたあぎとが大きく開く。

鮮血《せんけつ》が散った。

あたたかいものが彰子の頬にかかり、くせのない長い髪《かみ》が視界を覆う。

「越影――――！」

鳴蛇と対峙《たいじ》していた翻羽が絶叫《ぜっきょう》した。

硬直《こうちょく》したまま動けない彰子の前で、嶺奇の牙をその身に受けた越影は、片膝《かたひざ》をついた。

「……っ、……え…い…」

翩羽が叫んでいた名前を、喉《のど》の奥からしぼり出す。嶺奇は忌々《いまいま》しげに鼻を鳴らすと、越影の肩《かた》の肉を噛《か》み千切った。

かろうじて骨と筋のみでつながった右肩《みぎかた》を押さえながら、蒼白になった越影はその場にくずおれる。うち伏《ふ》した青年の肩傷からの出血が見る見るうちに広がり、その面差《おもざ》しを死の影《かげ》が覆い尽くした。

——……い…

愛《いと》しいささやきが聞こえた気がして、越影は渾身《こんしん》の力で瞼《まぶた》を持ち上げる。

人身を取った踰輝が、泣きながら自分に縋《すが》りついていた。

「どうして……」

泣きじゃくる踰輝に手をのばそうとして、その指が血に汚《よご》れていることに気がつく。引こうとした手を、だが踰輝は両手で握《にぎ》り締《し》めた。

「越影、どうして……」

「……ゆ…き……」

越影は目を細めた。もう声が出ない。

決めていたからだ。あのとき、救えなかったお前を。次があるなら、今度こそ命に代えても護《まも》ろうと。

小柄《こがら》な天馬。華奢な少女。遠い日に、自分をまっすぐ見つめて。漆黒《しっこく》の毛並みを、異端《いたん》の姿を、きれいねと言ってくれたお前。

——えつえいのけなみは、むこうの山にある黒水晶《くろずいしょう》みたいにきれいよ……

お前のおかげで、異端のこの身を、初めて受け入れることができた。

「越影！　越影……！」

遠くで翻羽が叫んでいる。ああほら、蹌輝が怯《おび》えるだろう。こいつは怖《こわ》がりなんだと、お前だってよく知っているじゃないか。

「……ゆ………」

——越影、怖かったの、本当に本当に怖かったの
越影は目を細めた。蹌輝の声が、耳の奥に響く。その声とは別のしゃくりあげる泣き声が。

蹌輝の姿に重なって、あの人間の少女が泣いている。血に汚れた自分の手を両手で摑《つか》んで、白い単衣《ひとえ》が赤く染まることもいとわずに。

「……ど…して……っ…！」

越影はうっすらと笑った。

似ていたからだ。蹌輝ではないとわかっても。その魂《たましい》の色がよく似ていて。

伽羅《きゃら》の香《かお》りが好きだった蹌輝。伽羅の香りをまとっていた少女。

——でも……信じてた。きっと、兄さんと一緒《いっしょ》に助けにきてくれるって

涙《なみだ》を流しながら、踰輝は仄《ほの》かに微笑《ほほえ》んだ。越影の瞳からも涙が一粒《ひとつぶ》転がり落ちる。

お前は、ここにいたんだな。

踰輝、還《かえ》ろう。俺たちの郷《さと》に、三人で、還ろう――――。

「……越影……」

するりと天馬の手が抜《ぬ》け落ちる。血まみれの手に、涙の粒《つぶ》がぱたぱたとこぼれ落ちた。

闇《やみ》の中で、なんの術も使えないはずの自分の目にすべてが見えていたのは、踰輝の心がこんなにも近くにあったからだ。魂の色が似ているという自分に、自分はここだと踰輝は必死で訴《うった》えていたのだ。

『愚かな天馬、我が糧と……なに⁉』

嶺奇は愕然とした。物言わぬ天馬、その身体《からだ》が仄白《ほのじろ》い光に包まれて、音もなく消えていく。

『これは、いったい……!』

予想だにしなかった事態に瞠目《どうもく》する鳴蛇に、翻羽が怒号《どごう》した。

『もしものときのために、施《ほどこ》した術だ。貴様たちには、俺たちの血の一滴《ひとしずく》も、肉の一片《いっぺん》も渡《わた》さない!』

もし、自分たちが落命することがあったら。嶺奇や妖異《ようい》たちの糧とされないようにと、あらかじめ亡骸を消滅《しょうめつ》させるための術をおのが身にかけていたのだ。

嶺奇は低く唸《うな》ると、翻羽を顧《かえり》みた。

『ならば、生かしたまま貪《むさぼ》り食ってくれるわ…！　鳴蛇、捕《と》らえよ！』

そうして嶺奇は彰子に目を向けた。

非力な人間の娘。だが、窮奇の欲《ほっ》した贄《にえ》ならば、極上《ごくじょう》のはず。

『窮奇に代わり、我が貴様を喰《く》ろうてやるわ…！』

翼が風を打ち、妖気が膨《ふく》れ上がっていく。

「……っ、ま…」

腕《うで》をかざしながら、彰子は絶叫した。

「昌浩――――！」

10

その声だけは、聞こえるだろう。

たとえ、どれほど風が荒《あ》れ狂《くる》っていても。
たとえ、どれほどの距離《きょり》が、互《たが》いを隔《へだ》てていても。

なぜならばそれは、胸の奥に刻んだ誓《ちか》いを、揺《ゆ》り動かす声。
生涯違《しょうがいたが》えぬとさだめた心を、突《つ》き動かす声なのだから。

どこまでもつづく闇の中で、昌浩はどうしてかその場所を探《さぐ》り当てた。

「あそこだ、太陰！」

激しい気流に包まれて、昌浩は大文字山の一角を指し示す。

なぜ、と聞くことはできなかった。昌浩の気迫《きはく》がその問いを許さない。

太陰はまっすぐにそこを目指す。

嵐《あらし》にも似た妖気が噴《ふ》きあがり、物の怪《もののけ》たちは昌浩が正しかったことを知った。

その中に呑《の》まれていたひとつの気配が消える。

「これは…天馬⁉」

唸る勾陣の肩に乗った物の怪が、いち早く跳躍《ちょうやく》した。太陰の風をすり抜けて、降下していく。

昌浩もそれに倣《なら》い、気流を飛び出す。

「昌浩⁉」

仰天《ぎょうてん》する太陰の叫《さけ》びを背に受けながら、昌浩は印を組んで怒号した。

「オン、アビラウンキャン、シャラクタン！」

闇よりも冥《くら》い闇が、呪文《じゅもん》とともに迸《ほとばし》る霊力《れいりょく》に粉砕《ふんさい》される。

それまでずっと隠《かく》されていた化け物たちが現れ、いままさに襲《おそ》われんとしている少女の姿が見えた。

「彰子―――！」

彰子ははっと顔をあげた。

星も月もない夜闇。その中から、轟《とどろ》いた声がある。

「昌浩…！」

狩衣《かりぎぬ》に風をはらませながら、昌浩が急降下してくる。いち早く地表に降り立った物の怪が、咆哮《ほうこう》しながら嶺奇の胴《どう》に体当たりを食《く》らわせた。

『ぐあぁ…っ！』

もんどりうった嶺奇の眼前に、太陰が慌《あわ》てて放った風をまとった昌浩が降り立つ。

その背を見た彰子は、泣き出しそうになるのをぐっと堪《こら》えた。安堵《あんど》が全身に満ちていく。

「彰子、怪我《けが》は…っ！」

振《ふ》り返った昌浩は絶句した。白い単衣がところどころ赤く染まっている。蒼白《そうはく》になる昌浩に、
彰子は緩慢《かんまん》な動作で首を振った。

「違《ちが》う…、これは、天馬の…越影の…」

言葉をつむぐうちに息がつまり、目頭《めがしら》が熱くなった。

「私を…かばって……！」

それ以上言葉にならなかった。

「越影が…そうか…」

先ほど消えた天馬の気配。彰子が言うのはそれにほかならない。彼女をかばい、妖異の攻撃《こうげき》を受けて命を落としたのだ。

胸は痛んだが、彼女の無事を認めて、昌浩はほっと息をついた。

『……方士…』

喜色のにじんだ唸りが響《ひび》く。窮奇と瓜二《うりふた》つの異形を前に、昌浩は息を呑んだ。その足元に物の怪が滑《すべ》り込む。

「窮奇にそっくりの妖気…。高龗神が言っていたのは、こいつか！」

「鳴蛇の、主《あるじ》…!? 窮奇とは、いったいどういう…」

嶺奇は身を起こすと、吐《は》き捨てるように言い放った。

『窮奇は我が兄よ。愚かで無様な。よくぞ葬ってくれた』

嶺奇の赤い舌が、口元を舐《な》める。

『貴様を喰《く》らえば、我が力はいや増す！　あの天馬ともども、我が糧《かて》となれ…！』

昌浩は視線を走らせる。鳴蛇と対峙《たいじ》している翻羽もまた、満身創痍《まんしんそうい》だった。

血まみれになりながら、翻羽は鳴蛇に妖力を叩《たた》きつける。

『く…っ！　まだこれほどの力が残っていたとは…！』

よろめいた鳴蛇を振り払《はら》い、翻羽は嶺奇に突撃《とつげき》する。

「嶺奇――！」

大妖《だいよう》の翼《つばさ》が大きく広げられる。羽ばたきとともに妖力が膨《ふく》れ上がり、翻羽と昌浩たちを包み込んだ。

「なに⁉」

音が消え、風が異質なものに変化する。物の怪ははっとした。

「まずい、これは…！」

嶺奇の唸りが奇妙《きみょう》に反響《はんきょう》して轟いた。

『決して、逃《のが》さぬわ…！』

冥い闇《やみ》が昌浩と物の怪を呑み込んで行く。

「昌浩…！」

彰子は悲鳴を上げた。瞬《また》く間に色濃《いろこ》くなった闇が地に吸い込まれていき、昌浩と物の怪もまた忽然《こつぜん》と消えている。

慌てて辺りを見回す。翻羽の姿もない。嶺奇の力で、いずこかに連れ去られてしまったのか。

「昌浩、もっくん…、っ！」

彼女の双眸《そうぼう》が凍《こお》りついた。

ただひとり、異邦《いほう》の妖異鳴蛇が残っていた。青年の瞳《ひとみ》が蛇のそれのように小さくなっていく。

『油断は禁物ですよ』

にぃと嗤《わら》って、鳴蛇はわざと緩慢に足を踏《ふ》み出した。彰子は萎縮《いしゅく》したように動くことができない。

『さあ、どうしましょう。痛みを感じずにすむように、丸呑《まるの》みにして差し上げましょうか…』

妖異の口からちろちろと二股《ふたまた》の舌が覗《のぞ》く。生理的な嫌悪《けんお》感が彰子の肌《はだ》を粟立《あわだ》たせた。

動けない彰子の恐怖《きょうふ》を煽《あお》るように、鳴蛇は穏《おだ》やかに言葉をつむぐ。

『それとも、首を落として噴き出る血を最後の一滴《ひとしずく》まで飲み干してから、皮を剝《は》いであげましょうか。安心なさい、痛みは感じませんよ…』

舌なめずりをした鳴蛇と彰子の狭間《はざま》に、風をまとったふたつの影《かげ》が降り立ったのはその刹那《せつな》だった。

鳴蛇の顔から余裕《よゆう》が剝がれ落ちる。

腰帯《こしおび》から得物を引き抜《ぬ》いた十二神将勾陣と、両手を掲《かか》げて竜巻《たつまき》を生み出す太陰が、鳴蛇を剣《けん》呑《のん》に睥睨《へいげい》している。

『貴様らは…！』

太陰のまとう風が唸《うな》りをあげる。生じた気流で、彰子の髪《かみ》が大きくひるがえる。

左手に持った筆架叉《ひっかさ》の切っ先を鳴蛇の眉間《みけん》に向けて、勾陣は厳《おごそ》かに宣言した。

「異邦の妖異よ。我らが相手になろう」

気がつくと、いずことも知れない荒野《こうや》にたたずんでいた。

昌浩は辺りを見回した。

「ここは…」

「嶺奇の作り出した、異界」

ごく近くで発された声は、物の怪のものではない。緊張《きんちょう》して身構える昌浩に、天馬翻羽が歩み寄ってきた。

灼熱《しゃくねつ》の闘気が迸る。昌浩の傍《かたわ》らに長身の体軀《たいく》が出現した。

「それ以上近づくな」

立ちはだかる紅蓮に、翻羽は剣呑に口を開く。

「俺は、その方士に話がある」

「なに?」

胡乱《うろん》に返す紅蓮の横をすり抜けるように、昌浩が前に出た。

「昌浩!」

叱責《しっせき》の響きに、昌浩は肩越《かたご》しに一瞥《いちべつ》を投げかけてくる。

「大丈夫《だいじょうぶ》だ」

険のある目でそれを受けた紅蓮だったが、口に出しては何も言わなかった。昌浩は内心ほっとしながら翎羽に向き直る。

「嶺奇は、俺の仇《かたき》だ。一族と、妹と、親友の……」

「親友…」

もう一頭いた天馬の姿が瞼《まぶた》の裏を掠《かす》めた。彰子をかばって嶺奇に殺された、あの天馬。

翎羽は悲痛な面持《おもも》ちで訴《うった》えた。

「方士よ、俺に力を貸してくれ！」

思わぬ言葉に、昌浩と紅蓮は答えに窮《きゅう》する。翎羽はなおもつづけた。

「悔《くや》しいが、俺では嶺奇にかなわない。だが、お前なら…、窮奇を倒したというお前の力があれば、あるいは…！」

昌浩は拳《こぶし》を握《にぎ》り締《し》めた。

窮奇との血戦が甦《よみがえ》る。いまの昌浩は、呪符《じゅふ》も身につけていないし、あのとき勝敗を決した降《ごう》魔《ま》の剣《つるぎ》も持っていないのだ。

それで、窮奇を凌《しの》ぐほどの妖気を持ったあの大妖に、勝てるだろうか。

黙然《もくぜん》と視線を向けると、紅蓮は自分を見下ろしていた。その瞳は、お前の望むとおりにと告げている。

昌浩は思う。

愛《いと》しい者を殺された天馬の心を。家族を異邦の妖異に襲《おそ》われて、昌浩は胸の潰《つぶ》れる思いを味わった。天馬のそれは、昌浩の比ではないはずだ。昌浩は、失ってはいないのだから。

肩《かた》を震《ふる》わせながら、翻羽は振《ふ》り絞《しぼ》るように言った。

「俺は…踰輝を、護《まも》れなかった…！」

胸をつかれて、昌浩は息を詰《つ》めた。立ちすくむ昌浩の様子には気づかずに、翻羽は顔を歪《ゆが》めて片手を目許《めもと》にあてる。

「たったひとりの妹だったのに…！　あいつの幸せのために、生きると決めていたのに…！　越影とふたりで、踰輝を絶対に護るのだと、誓《ちか》ったのに…、それを、俺は……！」

果たせなかった誓いが、胸の奥でくすぶっている。責め苛《さいな》む声は、ほかならぬ自分自身のものだ。

嶺奇の手にかかった踰輝の魂《たましい》は、いまも奴《やつ》のうちに囚《とら》われている。

「嶺奇の呪縛《じゅばく》から、踰輝を解放しなければならない。そのためには、お前の力が必要なんだ、頼《たの》む…！」

昌浩は、もう一度紅蓮を見た。紅蓮の目は先ほどと同じだ。

心にさだめた誓いがある。昌浩の抱《いだ》くそれは、天馬たちが刻んでいたのと同じもの。

昌浩は意を決して口を開いた。

「……嶺奇を、倒す。目的は同じだ」

翻羽の瞳がほっとしたようにやわらいだ。

と、それまで静寂《せいじゃく》に満ちていた世界が、震撼《しんかん》した。

地の底から轟《とどろ》く唸りが、幾重《いくえ》にも反響する。

『面白《おもしろ》い、面白いぞ、虫けらどもがこの嶺奇を倒《たお》すなどと…！』

「嶺奇！」

「どこだ！」

声を荒《あら》げる昌浩と翻羽の傍らで、紅蓮が無造作に右手を掲げた。

そうして、凄絶《せいぜつ》に笑う。

「異邦の妖異嶺奇よ。姿を見せないとは、臆《おく》したか。窮奇のほうがよほど勇猛《ゆうもう》だったぞ」

嘲《あざけ》りを隠《かく》さない紅蓮の挑発《ちょうはつ》に、嶺奇はいきり立った。

『窮奇ごときと一緒《いっしょ》にするな！』

雄叫《おたけ》びを上げ、闇の中から虎《とら》の姿が躍《おど》り出る。それを待ち構えていた紅蓮の炎蛇《えんじゃ》が炸裂《さくれつ》した。

「食《く》らえ！」

灼熱の蛇《へび》がうねりながら嶺奇に襲いかかる。緋色《ひいろ》の闘気《とうき》が立ち昇《のぼ》り、闇一色の異界を皓々《こうこう》と照らし出す。

嶺奇が咆哮《ほうこう》した。爆発《ばくはつ》した妖力が炎蛇を粉砕《ふんさい》し、地に亀裂《きれつ》を生み出した。

天馬翻羽が本体に転身した。

「方士、乗れ！」

言うが早いか、天馬は昌浩の襟《えり》をくわえておのれの背に放《ほう》り上げる。

「うわっ！」

慌《あわ》てて天馬の首にしがみついた昌浩は、次の瞬間《しゅんかん》高々と飛翔《ひしょう》する翼《つばさ》の羽ばたきを聞いていた。

嶺奇が見る見るうちに小さくなっていく。嶺奇の力で生み出された異界は、天に果てがないかのようだ。窮奇の作り出した異界も同様だった。奴らはいったい、どれほどの力を持っているのだろうか。

血の気の失せた顔で、昌浩は頭《かぶり》を振った。

気力で負けたら、本当に負けてしまう。それに、約束をした。

絶対に倒すと。

あるいは、晴明だったら嶺奇をいともたやすく調伏《ちょうぶく》できるのかもしれない。

だが、翻羽は自分に力を貸してほしいと言った。

彰子は、絶体絶命の窮地《きゅうち》で、晴明ではなく自分の名を呼んでくれた。

そして、紅蓮は。

灼熱の闘気が噴《ふ》きあがる。こんなにも高度があるのに、ここまで届くほどの激しい灼熱。

あの祖父のようにと、誰もが言うだろう。そして、その誰も言わない。

あの祖父を越《こ》えるようなとは、決して言わない。

けれども紅蓮は。十二神将最強の男は、ただひとり、言ってのけたのだ。

――お前は、陰陽師《おんみょうじ》になるんだ。最高峰《さいこうほう》の、それこそ晴明を越えるような
昌浩はたくさんの約束を持っている。そのどれも、違《たが》えることは絶対にしない。

印を組み、昌浩は目を閉じた。命を捨てる覚悟《かくご》で窮奇に挑《いど》んだあのときと同じく、心のすみずみまで研《と》ぎ澄《す》ませて、叫《さけ》ぶ。

「この術は凶悪《きょうあく》を断却《だんきゃく》し、不詳《ふしょう》を祓除《ふつじょ》す、急々如律令《きゅうきゅうじょりつりょう》――――！」

呪文《じゅもん》で増幅《ぞうふく》された霊力《れいりょく》が、嶺奇に叩《たた》きつけられる。大妖《だいよう》の雄叫びが轟いた。空気までがびりびりと震え、昌浩の肌《はだ》を刺《さ》すようだ。激しい妖気は収まらない、ますます強くなっていく。

「くそ…っ！」

飛翔する天馬を睨《にら》んだ嶺奇は、砂埃《すなぼこり》を上げながら翔《か》けあがって来た。あの体軀からは想像もつかないほどの迅速《じんそく》さで天馬の眼前に躍り出ると、鋭利《えいり》な爪《つめ》を有した前足を振り上げ、怒《いか》りに任せて叩き落とす。

寸前で攻撃《こうげき》をかわした天馬を、凄《すさ》まじい妖力の爆裂《ばくれつ》が襲った。

「……っ！」

天馬の身体《からだ》が傾《かたむ》き、昌浩は投げ出される。

地上の紅蓮が色を失って叫んだ。

「昌浩――――！」

一瞬昏倒《こんとう》していた昌浩の意識を、その声が引き戻《もど》す。昌浩は中空でなんとか体勢を立て直そうとしたが、飛びかかってきた嶺奇に腹部を殴打《おうだ》される。

「…っ！」

くの字に折れ曲がったまま落下する昌浩の下に、天馬がからくも滑《すべ》り込んだ。衝撃《しょうげき》で息が詰まる。翻羽ともども地に叩きつけられた昌浩は、起き上がることもできずにうめいた。

そこに、高らかに哄笑《こうしょう》した嶺奇が舞《ま》い降りてきた。

『無力、無力！　窮奇を倒したといっても、所詮《しょせん》は子どもか…！』

「黙《だま》れ！」

灼熱《しゃくねつ》の闘気が白炎《びゃくえん》の龍《りゅう》に変わる。怒号《どごう》とともに放たれた龍が、嶺奇の片翼《かたよく》をもぎ取った。

『ぐあぁぁぁっ！』

なおも絡《から》みつこうとする龍を妖力で打ち砕《くだ》いた嶺奇は、憤激《ふんげき》の眼光を紅蓮に向けた。

『許さぬぞ、人間ごときに従う堕《お》ちた神の端《はし》くれよ…！　貴様でも、腹の足しくらいにはなるからなぁ！』

それまで以上の妖力が爆発する。紅蓮は腕《うで》を交差させてそれを防ぐが、身動きを封《ふう》じられる。

「くそ…っ！」

紅蓮は舌打ちした。窮奇との血戦の折には、同じく闘将の六合がいた。ふたりがかりでも苦戦したが、現状よりはよほどよかった。

額の金冠《きんかん》をはずせば、封印《ふういん》の抑制《よくせい》を受けない十二神将最強の通力を思う存分振るうことができるだろう。

だが、それはできない。この封印は、紅蓮が自らおのれに課したものなのだ。

腕の間から昌浩の姿を捜《さが》す。荒《あ》れ狂《くる》う妖気の嵐《あらし》の中に、肘《ひじ》を支えに起き上がろうとしている子どもの姿を認めた。

そして、その傍《かたわ》らに、決然とした双眸《そうぼう》で嶺奇を射貫《いぬ》いている翻羽を。

嶺奇は気づいていない。奴は、紅蓮が自衛のために築いた炎の障壁《しょうへき》を打ち破ることに集中している。散々痛めつけたはずの子どもと天馬の動向など、意にも介《かい》していないのだ。

『おのれぇぇぇ！　おのれぇぇぇぇ！』

立てつづけの衝撃が炎の障壁を襲《おそ》う。全霊《ぜんれい》を傾けなければ、その一撃《いちげき》だけで破られてしまうだろう。

紅蓮は意図して通力を抑《おさ》えた。障壁が破られる寸前まで削《けず》り、嶺奇の目をこちらにつなぎとめる。

それは、命ぎりぎりの危険な賭《か》けだった。

だが。紅蓮は知っているのだ。あの子どもは、大陰陽師安倍晴明の、唯一《ゆいいつ》の後継《こうけい》。

約束を違えることは、絶対にないのだと。

太陰の風を受け、大文字山で繰《く》り広げられている戦いの全貌《ぜんぼう》を知った晴明は、口元に指を当てて思慮《しりょ》深い目をした。

「晴明、大文字山に向かわなくていいのか？」

主の意向が摑《つか》めない白虎がいささか硬《かた》い声を発する。

異邦《いほう》の妖異鳴蛇と、彼の同胞《どうほう》たちが戦闘《せんとう》を繰り広げているのだ。太陰の風が逐一戦況《ちくいちせんきょう》を伝えてくるが、十二神将二番手をしても、鳴蛇は強敵のようだった。

彰子がその場にいることも、勾陣が全力を出し切れない要因のひとつだろう。彼女は太陰に彰子を連れてその場を逃《のが》れるように指示しているのだが、鳴蛇がそれを阻《はば》んでいるのだ。

鳴蛇はその名の通り蛇のように狡猾《こうかつ》に、少しずつ勾陣の力を削《そ》ぐような戦い方をしているのだった。

「勾陣が負けるとは思わんが、いささか苦戦していることは事実だ。……晴明」

晴明は片手をあげて白虎を制した。

「……昌浩たちは、嶺奇の妖力に取り込まれて姿をくらませたのだな？」

確認《かくにん》する晴明に、白虎は頷《うなず》く。太陰の風はそう伝えてきた。

異邦の大妖嶺奇。窮奇の血族にして、かの大妖をしのぐ妖力を持った化け物。

おのれの手のひらを見つめていた彼は、ゆっくりとそれを握《にぎ》りこんだ。

あのとき、窮奇を倒《たお》すため、晴明はひとつの武器を昌浩に与《あた》えたのだ。それはかの大妖とともに異界の崩壊《ほうかい》に呑《の》みこまれ、失われてしまった。神将たちは人界に戻るだけで精一杯《せいいっぱい》で、回収する余力はなかったのだ。

いま、それが再び必要となっている。打ち直している時間はない。では、どうするか。

晴明は顔をあげた。

「――――十二神将天空、主《あるじ》の命に応《こた》えよ」

厳《おごそ》かな言霊《ことだま》が響《ひび》く。

ややおいて、返答があった。

《なんとした、晴明》

息を呑む白虎の前で、晴明は毅然《きぜん》と言った。

「我が心に映る降魔《ごうま》の剣《つるぎ》。それを形となし、我が許《もと》に」

腕を掲《かか》げて低く命じる。

《……引き受けた》

重々しい語調に、ほんの僅《わず》かな笑《え》みがにじんだのを白虎は感じた。

晴明は白虎を振《ふ》り返った。

「白虎、私を大文字山に運べ」

凄まじい妖気の嵐の中で、昌浩は懸命《けんめい》に身を起こした。

紅蓮の緋色《ひいろ》の障壁に、嶺奇が何度も何度も突進《とっしん》を繰り返す。

激痛に耐《た》えながら、昌浩は呼吸を整えるように努める。喉《のど》の奥から鉄の味がせりあがってくるのに気づかないふりをして、昌浩は霊力を研ぎ澄ませた。

紅蓮は、自分の意図に気づいている。だから、嶺奇の攻撃を一手に引き受けてくれているのだ。けれども、そう長くは持たないだろう。嶺奇の力はあの窮奇を凌駕《りょうが》するのだ。

奴《やつ》のしろがねの双眸が間近に迫《せま》り、腕に食《く》らいついた牙《きば》の鋭《するど》さが甦《よみがえ》った。

あのとき、腕に巻きつけていた呪符《じゅふ》。いまはそれもない。どこまでやれるかわからない。

でも、やらなければ確実にやられる。

「……方士…」

呪文を詠唱《えいしょう》しようとした昌浩を、天馬が制した。昌浩は無言で翻羽を見返す。

純白だった毛並みはまだらに染まり、臓腑《ぞうふ》もずたずたになっているだろうことが察せられる。

何度も血を吐《は》き、その声はしゃがれていた。

「お前に、奴を仕留める術は、あるか」

昌浩は返答に窮《きゅう》した。たくさんの術は知っている。だが、確実にと断じられるだけの霊力《れいりょく》は、いまの自分には残っていない。

昌浩の表情からそれを読み取った翻羽は、ふっと目を細めた。

「……天馬の命にかけて、俺が奴を押さえ込む。とどめを、頼《たの》む」

「え……」

瞠目《どうもく》する昌浩に、翻羽は小さく笑った。

「……すまなかったな、方士。お前の伽羅《きゃら》を、奪《うば》って」

昌浩は息を止める。

「あれは越影に渡《わた》した。……踰輝は、伽羅が好きだったんだ」

踰輝が一番会いたいのは、自分ではなく越影だった。それを翻羽は知っていた。わからないわけがない。生まれたときからずっと見守ってきた妹の心など、すべてお見通しだ。

「頼むぞ、方士」

「翻羽…っ」

昌浩は咄嗟《とっさ》に手をのばした。だが、翻羽の翼《つばさ》には届かない。

むなしく空を摑《つか》んだ手の先に、最後の力を振《しぼ》り絞った翻羽が翼を広げて疾走《しっそう》していく。

「嶺奇――――!」

それまで意にも介していなかった天馬の怒号《どごう》が、嶺奇の耳に突《つ》き刺《さ》さる。向けた視線の先に、満身創痍《まんしんそうい》となった翻羽が見えた。立っているのもやっとのはずの天馬の全身から、ありえないほどの妖力が迸《ほとばし》る。

『貴様…っ、まだこれほどの力を…！』

翻羽は嶺奇に躍《おど》りかかると、その喉笛《のどぶえ》に食らいついた。

『ぐわあぁぁぁぁっ！』

天馬の力が爆発《ばくはつ》し、光の網《あみ》となって嶺奇を地に縫《ぬ》いとめる。

『天馬風情《ふぜい》が！』

激昂《げっこう》した嶺奇の怒号が轟《とどろ》いた。おのれの首に食らいついた翻羽の首に牙を立て、じわじわと食い込ませていく。

翻羽の身体《からだ》が痙攣《けいれん》した。だが、決して放さない。嶺奇と自身の血をあびながら、翻羽は昌浩を促《うなが》した。

「いまだ、…方士……っ！」

昌浩は立ち上がって印を組む。

翻羽の力はすぐに尽《つ》きるだろう。嶺奇は解放され、逆上して暴れるに違《ちが》いない。いまここでとどめを刺さなければ、すべてが水泡《すいほう》に帰する。

なのに、自分の力が足りないことがわかってしまう。翻羽の犠牲《ぎせい》を無駄《むだ》にするしかできない自分を、昌浩は。

「……っ！」

悔《くや》しくて情けなくて、叫《さけ》びだしそうになった。

そのとき、一陣《いちじん》の風が昌浩の頬《ほお》を打った。

神気をはらんだ、凄烈《せいれつ》で清浄《せいじょう》な風。嶺奇の作りだしたこの異空間に、なぜ。

「――昌浩、受け取れ」

あるはずのない声が昌浩の耳朶《じだ》を叩《たた》く。振り返った視線の先に、神気の風をまとった安倍晴明の姿があった。

その手の中には、失われたはずの降魔の剣。

「晴明⁉」

驚愕《きょうがく》する紅蓮を一瞥《いちべつ》し、晴明はにやりと笑う。そうして、昌浩に剣を差し出す。

昌浩は茫然《ぼうぜん》と口を開いた。

「降魔の…剣…、どうして…！」

「これは、影《かげ》だ」

晴明の言葉に昌浩は瞠目する。

「我が霊力をより集め、天空の力を借りて実体となしたもの。長くは持たない」

柄を握り締《し》める昌浩の背を、青年の手が押す。

「私ができるのはここまでだ。——昌浩、さぁ」

託《たく》された剣の感触《かんしょく》は、以前持ったものよりも冷たく、軽かった。代わりに、いつも身近に感じている祖父の霊力が、力強く脈打っている。

駆《か》け出す昌浩の脳裏《のうり》に、かの龍神《りゅうじん》の不敵な笑みが掠《かす》める。

非力な子どもであるはずの方士が自分に立ち向かってくる様を見て、嶺奇は嘲笑《ちょうしょう》した。

『愚《おろ》かな…！　貴様ごときに我を倒せるはずがない…！』

紅蓮の全身から灼熱《しゃくねつ》の闘気が迸る。だが、彼は一瞬躊躇《いっしゅんちゅうちょ》した。放てば、嶺奇だけでなく翻羽まで灼《や》かれる。

「……、翻羽…！」

だが、翻羽の目は是《ぜ》と伝えていた。ここで、この大妖を倒すのだと。

白炎《びゃくえん》の龍が大妖を貫《つらぬ》き、傷口から炎が噴《ふ》き出す。金色の毛並みが炎に舐《な》められ、それを払《はら》いのけようと嶺奇はがむしゃらにもがいた。

「これで、…終わり…だ、嶺奇……！」

力尽《ちからつ》きた翻羽がくずおれる。

その刹那《せつな》、朦朧《もうろう》とした視界に、翻羽は踰輝を見た。白い身体を小さくして、震《ふる》えながら泣いている。

「……踰…輝…」

ああ、お前はここにいたのか。
もう大丈夫《だいじょうぶ》だ。俺だけじゃない。お前の越影も、ここにいるから。さぁ、還《かえ》ろう。
越影、踰輝、還ろう――――。
翻羽の放った妖気の網が、力を失って砕《くだ》け散る。
怒《いか》りに燃えるしろがねの双眸《そうぼう》が激しくきらめいた。
『おのれぇぇぇえっ、………っ、の……』
嶺奇の眼《め》が凍《こお》りつく。
間合いに滑《すべ》り込んだ昌浩の振り上げた剣《つるぎ》が、翻羽の刻んだ傷に深々と突き刺さった。
嶺奇と昌浩の視線がかち合う。魂《たましい》を凍《い》てつかせるほどの眼光が、昌浩を射貫く。
あのときの窮奇と同じ、憎悪《ぞうお》に満ちた眼差《まなざ》し。
胸のうちで昌浩は叫んでいた。――――高龗神よ、どうか力を。
そして、渾身《こんしん》の神呪が響《ひび》き渡る。
「雷電神勅《らいでんしんちょく》、急々如律令《きゅうきゅうにょりつりょう》――――!」
それに呼応するように、一条の稲妻《いなずま》が天を奔《はし》り、嶺奇の身体を貫いた。
衝撃《しょうげき》で昌浩と翻羽が撥《は》ね飛ばされる。
異邦《いほう》の大妖嶺奇は、そのまま白い炎に包まれた。

船形岩に座し、目を閉じていた貴船の祭神は、口端《こうたん》を吊《つ》り上げた。

——高龗神よ、どうか力を…

瞼《まぶた》が上がり、瑠璃《るり》の双眸が覗《のぞ》く。

「……言っただろう、ひとの子よ」

◆　◆　◆

——もしお前が再び乞《こ》うならば、この神はいま一度力を貸してやろう……

◆　◆　◆

11

安倍成親の邸《やしき》の屋根に上り、苛々《いらいら》しながら時を数えていた十二神将玄武は、軽く瞠目《どうもく》した。

傍《かたわ》らの同胞《どうほう》を見上げ、硬《かた》い声を発する。

「……いまのは、晴明か」

玄武と同様東方を睨《にら》んでいた六合は、抑揚《よくよう》の乏《とぼ》しい声音《こわね》を返した。

「おそらくは」

そうして、彼には珍《めずら》しく、黄褐色《おうかっしょく》の瞳《ひとみ》に険が宿った。

命を受けてここにいるため、彼らは動けないのだ。おそらく、六合たちと同様の命を受けて配されている同胞たちも、同じ心境で苛立《いらだ》ちを覚えているに違いない。

ここでどちらかが。たとえば、自分よりもずっと神気の強い六合が、玄武をおいて晴明のもとに向かったとしても、それは仕方がないと玄武は考える。

何しろ自分の通力は同胞たちの中でもっとも脆弱《ぜいじゃく》だ。万一の場合、自分だけで対処ができるかどうか、いまいち自信がない。

晴明が出たということは、大詰《おおづ》めなのだろうと思われる。相手は異邦の妖異《ようい》なのだ。

眉間《みけん》にしわを寄せながら、玄武が唸《うな》った。

「……ことがすんだら、我は晴明に詰《つ》め寄ろうと思う」

六合は頷《うなず》く。

「ああ。俺もだ」

東方を睨んだまま、玄武は目を細めた。

「では、ともに抗議《こうぎ》しようではないか、六合」


簀子《すのこ》に端座《たんざ》していた太裳がふいに顔をあげたので、昌親は首を傾《かたむ》けた。

「どうしたんだい、太裳」

振《ふ》り返った太裳が、困ったような笑《え》みを浮《う》かべている。それを見た昌親は、何かあったのだなと察した。

何しろ付き合いが長い。太裳は穏《おだ》やかで、いつもほけほけと笑っている。ただ、物事をあまり深刻に受け止めないところがあるので、時々青龍に叱《しか》られているようだった。ああまたやってしまったと自省している姿を何度も見たことがあるのだ。

幼少の頃《ころ》、沈《しず》んだ面持《おもも》ちの太裳にどうしたのかと昌親が尋《たず》ねるたびに、おのれの欠点を改善するのは難しいですねと、嘆息《たんそく》混じりの微苦笑《びくしょう》を浮かべていたものだった。

だが、昌親の見立てでは、実は青龍と太裳は気が合うのだ。確かめたわけではないが、見ていればなんとなくわかるものがある。

「また青龍を怒《おこ》らせるようなことをしたのかい?」

昌親の言葉に、太裳は目を見開いて苦笑した。

「いえ。幸いにして、最近はそのようなことはあまり」

「それはよかった。青龍は怒ると怖《こわ》いからなぁ」

「怖いというわけではありませんよ。ただ、少々迫力《はくりょく》があるので、語調を荒《あら》げられると、腰《こし》が引けるのは確かですね」

「それを一般《いっぱん》に怖いと言うんじゃないのかな…」

単に青龍が人界に留《とど》まる時間が長く、異界にいることの多い太裳と顔を合わせる機会が減っているからなのだが、昌親にはそこまではわからなかった。

「それで、本当に何かあったのかい? お前がうちにくるのは珍しい」

隣《となり》に腰を下ろした昌親に、太裳は思慮《しりょ》深い目を向けた。

「たまには、奥方《おくがた》様やお子様の健《すこ》やかな姿を見たくなるのですよ。気に障《さわ》るのなら隠形《おんぎょう》しますが…」

昌親は首を振った。

「なら、いいんだ。ただ、おじい様や昌浩は、ものすごく大事なことが起こっていても、心配をかけないようにと、私たちにはあまり話してくれないからね。そういう手合いのことが起こっているのじゃないかと、思ったんだ」

太裳は答えない。彼がこうやって沈黙《ちんもく》を返すのは、嘘《うそ》をつかないようにしているからだ。

昌親は息をついた。

自分が非力なのはよくわかっているつもりだが、こういうときは歯がゆくて仕方がない。

「……私にできることは、なんだろう」

ぽつりと呟《つぶや》いた教え子に、太裳は穏やかに笑った。

「そうやって気にかけてくださっているだけで、晴明様や昌浩様の、強い力になっています。昌親様は、充分《じゅうぶん》に役目を果たしていらっしゃいますよ……」

屋根上で腕組《うでぐ》みをして、空恐《そらおそ》ろしいほど物騒《ぶっそう》な顔をしている青龍の横で、天后は硬い面持ちのまま何度目かのため息をついた。

東方のあの山で、勾陣が何者かと戦闘《せんとう》を繰《く》り広げている。彼女が敗北を喫《きっ》するはずはないが、もしもという懸念《けねん》が拭《ぬぐ》えない。

自分にもっと力があって、彼女の助けになれればと、いつも思う。だが、実際の自分は本当に非力で、こうやって待つことが多いのだ。

「……くそっ」

忌々《いまいま》しげに舌打ちする青龍の放つ神気が、時を追うごとに刺々《とげとげ》しくなっていく。

天后は彼をそろそろと見上げた。

「あの、青龍……」

「なんだ」

語気の強い短い返答に、天后は臆《おく》しそうになりながらつづけた。

「ここは私が守るから、あなただけでも……」

途端《とたん》に鋭利《えいり》な視線が飛んできた。失言だったと気づいたが、いまさらそれをなかったことにはできない。

うなだれて、ぽつりと呟いた。

「ごめんなさい……」

「いちいち謝るな」

だが、これが太裳相手だと、青龍は謝るまで許さないのだ。それを見ていたので、天后はまず謝るようになった。

重い沈黙が降りしきる。

いたたまれない気分でいた天后は、伝わってきた神気を感じ取り、はっと息を詰めた。

瞬《また》くことも忘れて東方を見はるかしていた天后は、ほうと息をついて肩《かた》を落とす。

「勾陣……よかった」

胸を撫《な》で下ろした天后に、青龍は剣呑《けんのん》な語調で言った。

「天后」

「はい」

「ここは俺が見ている。とりあえず、晴明が何をやっているか、確かめてこい」

「え……、はい」

蒼《あお》い双眸《そうぼう》が向けられる。天后は慌《あわ》てて身を翻《ひるがえ》した。

大文字山の方角に向かいながら、天后はふと吉平邸《てい》の方角を顧《かえり》みる。

「青龍…」

本当は、誰よりも晴明の安否を確かめたいのは青龍に違《ちが》いない。だが、天后の心情を慮《おもんぱか》って譲《ゆず》ってくれたのか。

しばらく迷った末に、天后はもときた道を引き返すことにした。

自分は晴明の命を受けてあの場に配されたのだ。それを違《たが》えるわけにはいかないだろう。

戻ったら、やはり謝らなければならないだろうと思いながら、天后の胸は先ほどよりずっと軽かった。

袈裟懸《けさが》けに振り下ろした筆架叉《ひっかさ》の切っ先が、鳴蛇の肩から胸にかけてを両断した。

ふたつに分かれた鳴蛇が、まるで鞠《まり》のようにはね跳《と》ぶ。

転がった上半身が、彰子のごく近くで止まった。

妖異《ようい》の無機質な双眸が彰子を射貫《いぬ》く。

『……娘《むすめ》…貴様の、血を…』

腕《うで》だけで進もうとする鳴蛇の前に、憤激《ふんげき》の形相で太陰が立ちはだかった。

「姫《ひめ》に近寄るんじゃないわよ…っ！」

叩《たた》き落とされた竜巻《たつまき》が、鳴蛇の上半身を押し潰《つぶ》す。

蛙《かえる》のようなうめきをあげて、それきり動かなくなった鳴蛇の身体《からだ》は、やがて砂のようにさらさらと崩《くず》れていく。

文字通り足掻《あが》いていた下半身をさらに四つに叩き斬《き》り、勾陣は額の汗《あせ》を拭った。

「しぶとい……」

下半身がのたうつ蛇のそれに転じる。剣呑に眉《まゆ》を寄せた勾陣は、神気の渦《うず》をそれに叩き落とした。

土砂《どしゃ》がはね飛び、蠢《うごめ》いていた蛇尾《だび》が木《こ》っ端《ぱ》微塵《みじん》に粉砕《ふんさい》される。

今度こそ完全に仕留めたのを確認《かくにん》し、勾陣はようやく息をついた。

「姫、怪我《けが》はないか」

振り返る勾陣に、彰子は青い顔をして頷《うなず》く。

「とにかく、邸《やしき》に戻りましょう」

「ま、待って、太陰。まだ…」

手を取ってくる太陰に慌てて首を振《ふ》り、彰子は言い募《つの》った。

「昌浩が、昌浩がまだ戻らないのよ。なのに、私だけ帰れない……！」

太陰の手を振り切って、彰子はよろめきながら何歩か足を進める。昌浩が立っていたはずの場所にかくりと膝《ひざ》をついて、彼女は祈《いの》るように手を合わせた。

「昌浩…！」

勾陣と太陰は顔を見合わせた。彰子の気持ちは痛いほどわかる。だが、この冷え込む山中でいつまでも待つことは、精神的にも肉体的にもひどく消耗《しょうもう》するだろう。

前髪《まえがみ》を掻《か》きあげながら、勾陣はひとりごちた。

「六合がいたら、霊布《れいふ》を借りられるんだがな…」

ちらと太陰を見やる。太陰は、それを受けて口をへの字に曲げた。

「……わ、わかったわよ」

「別に六合のじゃなくても、邸から持ってくるだけで構わないぞ」

「そのほうがまだいいわ」

六合に霊布を借りに行ったら、そのまま捕《つか》まって、ことの一部始終を話すまで解放してもらえそうにないからだ。

風をまとって空に翔《か》けあがっていく太陰を見送った勾陣は、膝をついている彰子の肩にそっと手を触《ふ》れた。

「姫、案ずることはない」

「勾陣…」

不安げに揺《ゆ》れる瞳《ひとみ》に、力強く頷いてみせる。

「あれは、安倍晴明の後継《こうけい》だ。必ず無事に戻ってくるさ」

彰子はぐっと唇《くちびる》を嚙《か》み、こくりと頷いた。

どれほどそうしていただろうか。

消失していたはずの気配が色を増し、闇《やみ》の中から噴《ふ》き出してくる。

目を瞠《みは》る勾陣と彰子の前に、ぼろぼろに傷ついた昌浩と、白い毛並みの薄汚《うすよご》れた物《もの》の怪《け》と、赤と白のまだらになった天馬翻羽が現れる。

そのとき、別の霊気《れいき》が一瞬《いっしゅん》だけ感じられた。その霊気を覆《おお》う神気が、音もなく遠退《とおの》いていく。

「晴明…」

勾陣の呟きは風にとけ、彰子の耳には届かない。

「昌浩……！」

ふらふらと駆《か》け寄った彰子を認めた昌浩は、血と泥《どろ》で汚《よご》れた顔で、安堵《あんど》の笑《え》みを見せた。

「ああ、彰子……」

虫の息だった翻羽が、のろのろと目を開ける。近づいてくる彰子を捜《さが》すように、その目が緩《かん》慢《まん》に動いた。

「……き……」

翻羽の前に膝をついた彰子は、痛々しい傷にそっと手を触れる。乾《かわ》いていた越影の血の上に、翻羽のそれが新たな筋を描《えが》いた。

天馬はうっすらと目を細めた。

「……ゆ……き……」

彰子は何も言えずに、ただ頷く。自分の中に踰輝を見ていた越影と同じように、翻羽もまた、踰輝の姿を捜している。

「……安心、しろ……。……越……も……ここ、に……」

「……ん……っ」

涙《なみだ》で翻羽の姿が揺れる。どうしてこんなにも悲しいのか、彰子自身にもわからない。

翻羽には見えていた。彰子の傍《かたわ》らに、華奢《きゃしゃ》な少女の姿が。

――兄さん……

涙に濡《ぬ》れた瞳が、ようやく笑みに変わっていく。そうして、その隣《となり》には寄《よ》り添《そ》う越影が。

――還《かえ》ろう、翻羽

ああ、還ろう。あの懐《なつ》かしい郷《さと》に。一緒《いっしょ》に。

「……翻羽……」

昌浩の呟《つぶや》きが風にさらわれる。

目を閉じた天馬の身体が光に包まれて、そのまま消えていった。

黙然《もくぜん》とそれを見ていた物の怪が、悼《いた》みの色を夕焼けの瞳に宿す。その傍らに立った勾陣は片《かた》膝《ひざ》をつくと、白い頭をくしゃくしゃと撫《な》でた。

抗議《こうぎ》の視線を向けられても、それは本気ではないと勾陣はわかっている。物の怪は息をついた。

「……彰子……」

うつむいたまま肩《かた》を震《ふる》わせている彰子に、昌浩はそっと呼びかけた。彰子が静かに顔をあげる。涙で揺れる瞳はきれいだと思った。けれども、悲しげな面差《おもざ》しは、昌浩の胸をつく。

彰子の泣き顔は見たくない。苦しむ姿と同様に、悲しむ姿も、自分は。

できるなら、いつも幸せで、穏《おだ》やかに微笑《ほほえ》んでいてほしい。

彰子の手を取って、昌浩はもう一度、刻み込むように言った。

「……護《まも》るから、俺が」

目を見開く彰子に、昌浩は繰《く》り返す。

「彰子を、護る。ずっと…護る……！」

ほかの誰でもない、自分の名前を、ずっと呼んでほしいと、願う。

その声が、昌浩を奮い立たせるのだ。

瞬《まばた》きをすると、涙の粒《つぶ》が転がり落ちた。まるで宝石のようなそれは、膝に当たって砕《くだ》け散る。

「……うん…。信じてる…」

頷く彰子の面持ちは、仄《ほの》かな微笑に彩《いろど》られている。

立ち上がった昌浩は、彰子を支えるように腕に力を込めた。よろめく彰子を、ここだけは絶対に自分がと、決意が全身にみなぎっているのがわかる。

物の怪と勾陣は苦笑《くしょう》を嚙み殺した。しばしの間、本人の意思を尊重してやることにしよう。

どうせ長くは持たない。消耗《しょうもう》している彰子以上に昌浩は満身創痍《まんしんそうい》で、本当は立っているのもやっとなのだ。

空を見上げた物の怪は、目を瞠って声をあげた。

「おい昌浩、あれは…」

「え…」

昌浩と彰子は物の怪の指す方向を見はるかし、言葉を失った。

星も月もない漆黒《しっこく》の夜空。都の上空を、それはまっすぐに飛んでいく。

「……帰るんだ…」

ぽつりと、昌浩は呟いた。

純白の天馬と漆黒の天馬が、小柄《こがら》な天馬を護るようにしながら、翔けていく。

昌浩は、彰子の手を握《にぎ》る指に力を込めた。同じだけの力が返ってきた気がして、一瞬だけ彰子を見る。だが、すぐに西の空に視線を戻《もど》した。

ぬくもりがある。いまはただ、それだけでいい。

東の空が少しずつ紫《むらさき》に変わっていく。

だが、西の空は未《いま》だ夜のまま、時が経《た》つのを待っている。

まだ暗いその空に、天馬たちの姿が消えていく。

遥《はる》か遠い異国の天《そら》へ、翼《つばさ》を羽ばたかせて、天馬たちの魂《たましい》がいま、還っていく――。

◇　◇　◇

翻羽が戻ってきたのは、夜半も過ぎて、すっかり風が重くなった頃《ころ》だった。

「戻ったぞ！　……なんだ、眠《ねむ》ってるのか」

嬉々《きき》として降り立った翻羽は、岩のくぼみに腰《こし》を下ろしたまま寝息《ねいき》を立てている踰輝の姿に、落胆《らくたん》してしゃがみこんだ。

彼女を起こさないようにと物音を立てないようにしていた越影は、騒《さわ》がしい翻羽を軽く睨《にら》んで、怪訝《けげん》そうに眉《まゆ》を寄せた。

「翻羽。なぜそんなに泥だらけなんだ…？」

転身した翻羽は、どうしたわけか全身泥まみれだった。

自分の姿を見下ろした翻羽は、あっさりと答える。

「探していた上質の伽羅《きやら》が、水底に沈《しず》んでたんだ。いやはや、見つけるのにも苦労したし、縄《なわ》張《ば》り争いに来たと勘違《かんちが》いした水妖どもともちょっとした小競《こぜ》り合いになるし、もう大変だったぞ」

翻羽の愚痴《ぐち》を聞いた越影は、半眼になった。

「……翻羽。それは、水妖たちが大事に隠《かく》し持っていたものなんじゃないだろうな」

翻羽が手にしている伽羅木《きゃらぼく》は、大きさもそれなりで、見るからに上質そうだった。

「ああ、そうだったかもしれないが、まぁすんだことだ」

からからと笑ってあっさり言ってのけた翻羽は、絶句している越影にひらひらと手を振《ふ》り、眠っている踰輝を覗《のぞ》き込んだ。

「……待ちくたびれたか、悪かったな」

頭を撫でてやろうとして、翻羽はその手をとめた。

耳の上に、折りとったばかりと思《おぼ》しき花の枝が刺《さ》さっている。

すぐ近くに咲《さ》いているその木を顧《かえり》みれば、手折《たお》られた枝が寂《さび》しげに揺《ゆ》れていた。

「ふぅん」

意味ありげに越影を見やると、青年はうろたえた様子で視線を泳がせる。

わかりやすいなぁと胸の内で呟きながら、翻羽は目を細めた。

「……なぁ、越影」

「あ、ああ。なんだ」

一生懸命《いっしょうけんめい》平静を装っている様がおかしくて仕方がない。

「お前ならいいぞ」

「は?」

「持っていけ。ただし、幸せにすると誓《ちか》えるならな」

くい、と親指で踰輝を示す翻羽の仕草に、何を言われているのかをようやく察した越影は、しどろもどろになりながら言い募《つの》った。

「だ、だめだ、それは…っ！　俺は、こんな、姿で…その…」

漆黒の、異端《いたん》の天馬。それは、大それた願いだ。

越影は自嘲《じちょう》するように頭《かぶり》を振った。

「……いいんだ。俺は…」

よほど深く眠っているのか、踰輝は目を覚まさない。

越影と翻羽と。ふたりの気配がすぐ近くにあるから、安心しきっているのだろう。

「……これ以上を望んだら、いけない…」

何をばかなことをと、呆《あき》れたような翻羽の目が語っている。だが、越影は微苦笑《びくしょう》を浮《う》かべるだけで、それ以上は言葉にしなかった。

いいのだ。自分は。異端だと罵《ののし》られていた自分に、屈託《くったく》なく笑ってくれる者たちがいる。

——黒水晶《くろずいしょう》みたいなあの毛並みのほうが、ずっときれいだわ…

ただ、もしもかなうなら。ひとつだけ。

穏やかなあどけない寝顔《ねがお》をいとおしげに見つめて、越影は目を細める。

望んでもいいなら、たったひとつだけ——。

幸せなその眠りを、護りつづけていたい。
どうか、それだけは許してほしい。

そして、この夜を。この幸せなときが久遠《くおん》にと。
心の奥に刻む。それだけが。

ただひとつの、——願い。

◇　◇　◇

始まりは幼き日　見えぬ手の温《ぬく》もり
焼きついた面影《おもかげ》に　憧《あこが》れを重ねて
描《えが》いた理想と　届かぬ現実
小さな誇《ほこ》りを　胸に抱《だ》いて
どこまでも行ける　絆《きずな》を信じて　駆《か》け抜《ぬ》けてゆく　未来　その先へ
今は遠すぎる　遥かな高みも　いつかきっと届くまで
仄暗《ほのぐら》い空に咲く　蛍灯《ほたるび》に誘《さそ》われ
胸に抱く香《かお》りだけ　絆の鍵《かぎ》として
憐《あわ》れな愛情　届いた虫の音
予感にざわめく　鼓動《こどう》数え

貴女《あなた》が夢見て眠るこの夜を永遠に護《まも》り続けていたい
叶《かな》わない恋《こい》と解っているから　どうか今　微笑《ほほえ》んで

儚《はかな》き想《おも》いよ　咲いて散る花よ　何もかもが永遠ではないと
知りながら願う　罪深き久遠《くおん》　どうかまだ…

貴方に出逢《であ》って願った自由が生み出した恐《こわ》さに震《ふる》えている
強く望むほど色づく縁《えにし》よ　どうかまだ　消えないで
どうか今　微笑んで

『ENISHI』
作詞・作曲 Ryo　　歌 AciD FLavoR

あとがき

この本は、少年陰陽師だけれどもいつもの少年陰陽師とは違《ちが》います。

お久しぶりですこんにちは。皆様《みなさま》いかがお過ごしでしょうか、結城光流でございます。

少年陰陽師、初の外伝と相成ります。

あくまでも外伝ですので、シリーズ通算何巻目、という数え方はしません。その辺、どうぞご理解くださいませ。単純に、シリーズの合間に番外編とか外伝を入れたくないという私の我《わ》が侭《まま》とか言っちゃったらそれで終わりなんですが。

外伝なので恒例《こうれい》のキャラクターランキングはお休み。

そもそも『翼よいま、天《そら》へ還れ』というのは、2007年7月19日に発売予定のゲームソフトのタイトルでした。命令形だけど、いつもとちょっと違う雰囲気《ふんいき》ということで、これまた転げまわって唸《うな》りながら考えたシロモノです。

それがどうして外伝小説に化けたのかというと、ゲームチームからのゲームストーリー原案に手を入れさせてもらったことが発端《ほったん》でした。

こーしてこーしてこーなってこーなってこーなるからあーなってこーいう話になるんだよ、

という一連の流れができてしまうと、自分でも書きたくなるのが作家の性《さが》というものです。たぶん。それに、ゲームと連動して小説が出るのって、なんだか面白《おもしろ》そうじゃないですか。

かくして、初の試みで外伝小説が刊行されることになりました。動き出してから絶対に大変で後悔《こうかい》するだろうなと思っていたのですが、予想以上に七転八倒《しちてんばっとう》。さらにはいまだかつてないほどスケジュールがきゅうきゅう。なんでこんなことになっているかは後述。

ゲームのシナリオを全部チェックさせていただいた時点で、絶対に違う展開、違うラストにしようと思っていました。せっかくの連動企画《きかく》ですから、「翼よいま、天《そら》へ還れ」というタイトルで二度おいしい、を目指さないと。

で、ゲームの主題歌である「ENISHI／Beside You」の試聴盤《しちょうばん》をゲームスタッフからたまたま早めにいただき、聴《き》きまして。

力のある曲は、時に小説一本分のインスピレーションを生み出します。それまで漠然《ばくぜん》としていたストーリーが、「ENISHI」という曲のイメージでいきなり鮮《あざ》やかに動き出しました。

そして、N川さんにお願いという名の要請《ようせい》をかけた私。

「この曲をイメージして書くから、最後にこれの歌詞を掲載《けいさい》してください」

ゲーム「翼よいま、天《そら》へ還れ」のために作られた曲が、小説『翼よいま、天《そら》へ還れ』の根幹です。こんな作り方ができたのも、連動企画ならではですね。

こんなに素敵《すてき》な曲を作ってくれて、歌詞掲載《けいさい》を快諾《かいだく》してくれたAciD FLavoR及《およ》び関係各所に最大の感謝を。

ゲームのほうでは十二神将たちとの会話や複数のエンディングなどがあって、全然違う楽しみ方ができます。シナリオをチェックしていて私も楽しかったくらい。天馬たちに関しては、小説の強みでここで過去を目一杯《めいっぱい》掘り下げたので、それを踏《ふ》まえた上でゲームをプレイすると、彼らの悲しみや覚悟《かくご》がより伝わってくるのではないかと。

ゲームディレクターも少年陰陽師を本当に好きで大事にして作ってくれているので、ストーリーもシナリオもビジュアルも期待してていいですよ。

製作スタッフのこだわりがこれでもかと詰《つ》め込まれたPS2ソフト「少年陰陽師　翼よいま、天《そら》へ還れ」は、2007年7月19日発売（予定）。勿論《もちろん》おなじみのキャストによるフルボイス。DXパックにはなんと手乗りもっくんと、書き下ろしミニ小説と、何か素敵なものがつくらしいです。予約してゲットだぜ。

さて。
5月1日発行のこの本を皮切りに、いまだかつてない刊行スケジュールが組まれております。
5月17日　少年陰陽師　動画之書　Animation Book
6月1日　篁破幻草子第五巻「めぐる時、夢幻の如く」
7月1日　少年陰陽師第十九巻「果てなき誓いを刻み込め」

ゲームと連動で外伝小説を出して、いっそ連続で篁《たかむら》と陰陽師も出したらなんか凄《すご》いよね記憶《きおく》と記録に残るよねーとN川さんに持ちかけたら通っちゃったんだよ……。

おかげでいま凄絶《せいぜつ》にきゅうきゅうです。

5月17日発行予定の『少年陰陽師 動画之書 Animation Book』は、漫画《まんが》動画少年陰陽師略して孫アニの徹底解剖《てっていかいぼう》書です。が、それだけでなく、趣味《しゅみ》でちまちま書いていた少年陰陽師商業誌未発表短編小説を一挙掲載しております。ここでしか読めない短編ばかりなので、ぜひ予約してゲットしてください。冥府《めいふ》の官吏《かんり》も出演してますよ。

6月1日の篁は、朱焰編完結。篁のタイトルもなんだかんだで苦しみながら考えているのですが、今回が一番つらかった。最後が「く」で終わるのが揃《そろ》っていていいじゃないかと、なんだって私はいつもいつも自分に枷《かせ》をはめるかな…。

7月1日の陰陽師は、ついに珂神編完結。珂神編を書きはじめた当初から決めていたあの展開に持っていけるかどうかが鍵《かぎ》です。

なんかもうほんとに死にそうな気がしないでもないんですが、頑張《がんば》ります。みんな、私にたくさん元気を分けてくれ……。

この怒濤《どとう》の連続刊行を無事にやり遂《と》げたら、しばらく仕事しないで旅行にでも行きたいなぁ。

知らないことがたくさんあるなぁと、思います。

少年陰陽師という作品は、ありがたいことに翻訳《ほんやく》されていて、韓国《かんこく》や台湾《たいわん》、タイなどでも刊行されています。サイン会には台湾の方が来てくださいましたし、年賀状もいただきました。グローバルになってきた少年陰陽師なのですが、このほど、ものすごく胸に響《ひび》く出会いがありました。

突然《とつぜん》ですが、私は犬が大好きです。昔からそれはもう好きです。

子どもの頃に一頭の犬のことを知りました。「三本足のサーブ」。暴走族から主人を守るため身代わりに轢《ひ》かれて、脚を一本失ってしまったシェパード。これが「盲導犬《もうどうけん》」という存在との出会いです。それ以来、時折町で見かける彼らの姿に、おお頑張れよと心の中でエールを送っていました。でも、実際に盲導犬に触《ふ》れたことはなかった。

転機が訪《おとず》れたのは、昨年の10月に行われたサイン会。なんと、盲導犬を連れた方がいらしたのです。これは、私にとっては本当に青天の霹靂《へきれき》でした。そのとき初めて、少年陰陽師がボランティアの手で点字訳されているということを知りました。そして、視覚障害者の方が、そうやって点訳された少年陰陽師を読んでくれているということも。さらに、朗読図書にする許可をいただきたいとの申し出を受けました。点字を知らない方が聴くほかに、手軽に持ち運べるという利点があるのだそうです。もう、ぜひにとお願いしました。

先日、ボランティアの手で朗読図書が完成しましたというお手紙をいただきました。そして、それを読んだ（聴いた）方々からのメッセージも。

アニメも見ていて、ドラマCDも聴いている。でも、どうしても小説を読みたいのです、と。そんなふうに言ってもらえることが、うまく言葉にできないのですが、沁《し》みるようで。作家になってよかったと、心の底から思いました。

それ以外にも、読んでいて号泣《ごうきゅう》するようなお手紙をいただくことがあります。楽しくて笑ってしまう手紙もいただきます。しんみりするお手紙もいただきます。こちらが励《はげ》まされるようなお手紙もいただきます。それらすべてが糧《かて》になっています。ありがとうございます。

返事はどうしても難しいので、これからも精一杯《せいいっぱい》小説を書くことにしましょう。

次は篁第五巻。七年かけて書いてきたこの話にどういう結末が待っているのか。何しろ作家になって初めてひとつのシリーズにピリオドを打つので、はなはだ不安だったり…。

果たしてちゃんとエンドマークがつけられるのか。

頑張れ私、頑張るんだ私。がーんばれ、まーけるな、せいめいのーまごー。もっくん、私にも頑張れって言ってくれ。みんな、もっくんの代わりに頑張れって言って。

来月、篁完結「めぐる時、夢幻の如く」が無事に発行されますように。

結城光流

結城光流公式サイト「狭霧殿」http://www5e.biglobe.ne.jp/~sagiri/

BEANS BUNKO

「少年陰陽師　翼よいま、天へ還れ」の感想をお寄せください。
おたよりのあて先
〒102-8078　東京都千代田区富士見2-13-3
角川書店ビーンズ文庫編集部気付
「結城光流」先生・「あさぎ桜」先生
また、編集部へのご意見ご希望は、同じ住所で「ビーンズ文庫編集部」
までお寄せください。

少年陰陽師《しようねんおんみようじ》
翼《つばさ》よいま、天《そら》へ還《かえ》れ
結城光流《ゆうきみつる》

角川ビーンズ文庫　BB16-23　14671

平成19年5月1日　初版発行

発行者――――井上伸一郎
発行所――――株式会社角川書店
東京都千代田区富士見2-13-3
電話/編集(03)3238-8506
〒102-8078
発売元――――株式会社角川グループパブリッシング
東京都千代田区富士見2-13-3
電話/営業(03)3238-8521
〒102-8177
http://www.kadokawa.co.jp
印刷所――――暁印刷　製本所――――BBC
装幀者――――micro fish

ISBN978-4-04-441625-6 C0193 定価はカバーに明記してあります。